Lisa

Lexikon der prominenten Peinlichkeiten

Beatrix Schnippenkoetter

Lexikon der prominenten Peinlichkeiten

Von
Doris Dörrie
über
Amelie Fried
bis
Konstantin Wecker

Eichborn.
LEXIKON

Bis auf wenige Ausnahmen sind die Geschichten zwischen 1999 und 2001 in der Sonntagsausgabe des *Tagesspiegel* unter dem Titel *Ich gestehe* erschienen.

Ich danke herzlich
Stephan Lebert, Giovanni di Lorenzo, Andreas Austilat, Susanne Kippenberger, Norbert Thomma, Christoph Amend, Matthias Landwehr, Evelyn Roll, Claudius Seidl, Angela Schmitt, Wolfgang Höbel, Anke Dürr, Peter Probst, Anke Sterneborg, Michael Althen
und nicht zuletzt den Geschichtenerzählern selbst für ihr Vertrauen und ihren Humor

Die Deutsche Bibliothek – CIP-Einheitsaufnahme

Schnippenkoetter, Beatrix:
Lexikon der prominenten Peinlichkeiten : von Doris Dörrie über Amelie Fried bis Konstantin Wecker / Beatrix Schnippenkoetter –
Frankfurt am Main : Eichborn, 2002
ISBN 3-8218-3928-7

Umschlaggestaltung: Christiane Hahn,
unter Verwendung eines Fotos von © Stone
Abbildungen: Martina Theisen
Lektorat: Oliver Thomas Domzalski, Sassa Valérie Kraft
Satz: Fuldaer Verlagsagentur, Fulda
Druck und Bindung: Bercker Graphische Betriebe, Kevelaer
ISBN 3-8218-3928-7

Verlagsverzeichnis schickt gern:
Eichborn Verlag, Kaiserstr. 66, D-60329 Frankfurt am Main
www.eichborn.de

Inhalt

Vorwort

Man könnte an dieser Stelle wahrscheinlich weit ausholen und zurückgehen zu den alten Griechen oder Römern, um die Sache kulturgeschichtlich aufzurollen, aber das wäre doch etwas peinlich, denn schließlich geht es hier nicht um eine erschöpfende Untersuchung zum Thema, sondern eher um ein kleines Brevier prominenter Peinlichkeiten, das keinen Anspruch auf Vollständigkeit erhebt, sondern dem Bekennermut das Wort reden und bestenfalls etwas Trost spenden will. Nichts ist so peinlich, dass man es nicht irgendwann erzählen könnte. Und keiner ist so prominent, dass ihm nichts mehr peinlich wäre. All diese Leute, die sich auf die eine oder andere Weise einen Namen gemacht haben, hätten allen Grund, ihre Peinlichkeiten für sich zu behalten, um ebendiesen guten Namen nicht zu gefährden. Sie haben aber bereitwillig für die sonntägliche Kolumne im »Tagesspiegel« geantwortet, und wer das nicht wollte, hat meistens glaubhaft Vergesslichkeit vorgetäuscht – das ist schließlich auch eine ganz legitime Art, mit peinlichen Vorfällen umzugehen. Wer sich hingegen der Erinnerung gestellt hat, wird das auch nicht unbewusst getan haben. Man kann sich dem eisernen Griff der Peinlichkeit nur entwinden, indem man sie sich von der Seele redet und darüber lacht. Die Sache wird dadurch nicht weniger peinlich, aber man nimmt dem Schmerz damit vielleicht die Spitze. Unter erzählerischen Gesichtspunkten eröffnet eine solche Situation immer zwei Möglichkeiten: Entweder man macht aus seinem Herzen eine Mördergrube und nimmt die Sache tragisch – oder man entscheidet sich für die Komödie. Zweiteres war schon immer die beste Art, mit unangenehmen Wahrheiten umzugehen. Und letztlich geht es bei fast allen peinlichen Situationen genau darum: dass eine Wahrheit zu Tage tritt. Die wahren Gefühle, die wahren Mängel, die wahren Befindlichkeiten. Oft kann man nichts dafür, noch öfter eben schon, und auch wenn die Peinlichkeit meistens im Auge des Betrachters liegt, so wird sie doch immer wieder vom eigenen Eindruck verstärkt, man habe sich vor aller Augen blamiert. Zu Zeiten des seligen Knigge gab es wahrscheinlich noch tausenderlei Anlässe mehr für Peinlichkeiten, und so mag man sich nach der Lektüre umso mehr freuen, dass wir uns von vielen dieser Zwänge befreit haben. Nun könnte man vermuten, dass es vielleicht hilfreich wäre, sich von all diesen gesellschaftlichen Zwängen freizumachen, und die ideale Gesellschaft wäre wohl sicher die, in der niemandem mehr etwas peinlich sein müsste – aber etwas Langweiligeres ließe sich wohl kaum vorstellen. In diesem Sinne folgen hundert Gründe, die das Leben lebenswert machen – auch wenn sich einem dabei die Haare sträuben, die Zehennägel aufrollen, sämtliche Schweißporen öffnen und man bis unter die Haarwurzel rot anläuft.

Michael Althen

Herbert Achternbusch

Bayerischer Filmemacher, Autor und Maler

Das Ehebett

Mein erster Film »Das Andechser Gefühl« entstand 1974. Ich hatte gesammelt, was ich mit meiner Frau erlebte und was sie mit mir erleben musste. Ein Beispiel aus diesem Film: Die Frau liegt am Boden ihrer Küche und lamentiert. Der Lehrer steht mit seiner

Geliebten, einer Schauspielerin, Händchen haltend daneben (ich und Margarethe von Trotta). Wie komme ich dazu?

Meine Frau und ich waren mit der Kindergärtnerin und ihrem Mann in Schwabing aus, tranken und machten Blödsinn sogar mit der ekligen Mutprobe, ob wir Männer uns unter den Tisch pinkeln trauten. Der Teppich war nicht so saugfähig, wie er aussah, und der Ober machte uns auf die Sauerei aufmerksam. Für mich war die Nacht beendet, denn ein zweites Wirtshaus langweilte mich. Ich wollte gehen. Meine Frau wollte irgendeinen Streit wie immer bis zur totalen Erschöpfung austragen. Ich nicht. Ich fahre heim, sagte ich. Fahrst mit, fragte die Kindergärtnerin, weil ich meiner Frau unser Auto überließ. Saumüde sagte ich zuhaus zur Kindergärtnerin: Leg dich auch ins Bett, ein Bett für die sechs Familienmitglieder. Das geht nicht, lehnt sie ab. Ich: Morgen liest du wieder was Emanzipatorisches, weil du heute verklemmt bist, spar dir die Lektüre und leg dich hin. Ohne körperliche Berührung schliefen wir ein. Noch vor Anbruch des Tages kam meine Frau, sah und schrie, rannte schreiend durch die Staatsbedienstetenwohnung und zwar so laut, dass über uns das Klavier ein paar falsche Töne von sich gab. Die Kindergärtnerin floh, nicht ohne meiner Frau noch zu beteuern, dass nichts war. Aber sie rollte sich in einen Teppich – den ich im Film wegließ, damit man ihr Gezeter besser versteht.

Pedro Almodóvar

Spanischer Oscarpreisträger (»Alles über meine Mutter«)

Die Frauen

Peinliche

Momente gibt es viele. Man muss sie spielerisch betrachten und einfach hinnehmen. Natürlich können einem auch Menschen peinlich sein, mir allerdings nie, Frauen schon gar nicht. Denn Frauen spielen in meinen Filmen eine zentrale Rolle. Ich liebe sie. Frauen sind mir niemals peinlich – mit einer Ausnahme: wenn sie mir ihre Lebensgeschichte erzählen und dabei von mir erwarten, dass ich einen Film daraus mache. Mit großen erwartungsvollen Augen blicken sie mich dann an, als hätten sie mir gerade ein fertiges Drehbuch diktiert. Leider kommt das häufiger vor. In Wahrheit langweilt es mich, und ich bin jedes Mal peinlich berührt. Manche kommen ganz unverhohlen auf mich zu und fordern mich geradezu auf, ihr Leben zu verfilmen oder wenigstens ein paar ihrer Geschichten in meine Drehbücher einzuarbeiten. Wie kommen sie dazu? Sie bringen mich in Verlegenheit. Und viele haben mir damit schon den Abend verdorben. Das klingt jetzt vielleicht bösartig. Aber versuchen Sie mal, sich in mich hineinzuversetzen. Weil ich Filme über Frauen mache, glauben sie, ich sei froh und dankbar, wenn sie mir von sich erzählen – weit gefehlt. Damit beleidigen sie im Grunde meine Fantasie! Natürlich schaue ich mir das Leben, und das der Frauen im Besonderen, genau an. Aber ich lebe und erlebe selber genug, um mir meine eigenen, lebendigen Geschichten auszudenken. Außerdem hasse ich Sentimentalitäten, und die kommen in solchen Erzählungen sehr häufig vor. Wer gute Geschichten erzählen will, darf nicht sentimental sein, sondern braucht ein offenes Herz.

Stefan Bachmann

Theaterregisseur und Schauspieldirektorin Basel

Prügel

Das

Peinliche an meiner Geschichte ist rückblickend das Alter, in dem ich mich befand. Man könnte denken, ich sei zwölf gewesen, tatsächlich aber war ich 21. Ich habe damals meine erste Regiehospitanz gemacht im Schauspielhaus Zürich. Der Intendant Gerd Heinz, der eine väterliche Figur mit großer Autorität für mich war, inszenierte dort eine Dramatisierung von Chandlers »Langer Abschied«.

Auf einer der ersten Proben sollte eine Prügelszene einstudiert werden. Die Schauspieler standen sich gegenüber und haben nur sehr zögerlich, fast zärtlich ausprobiert, wie das gehen könnte. Plötzlich hat es mich gerissen. Ich bin aufgesprungen von meinem Stuhl, auf die Bühne gerannt und habe angefangen, den Schauspielern zu erklären, wie man wirklich zuschlägt. Bis schließlich Gerd Heinz sagte: Also, Stefan, wenn wir jetzt alle anfangen, hier Regie zu führen, dann wird das glaube ich nie was. Mir war schlagartig klar, dass ich mich vollkommen vergessen hatte. Es war extrem peinlich, weil diese Proben eine unendliche Heiligkeit haben. Alles ist stark hierarchisch geordnet. Der Hospitant ist der, der den Kaffee kocht. Man darf den Mund eigentlich überhaupt nicht aufmachen, geschweige denn das Heft in die Hand nehmen. Die Schauspieler waren fassungslos und starrten mich mit großen Augen an.

Was ich auch nicht wusste: Es gibt einen Kampfchoreographen für solche Szenen, der aber erst ganz am Ende der Proben eingesetzt wird. Diese erste Probe war überhaupt nur dazu dagewesen, um sich warm zu spielen. Der Fauxpas bleibt unvergessen. Aber letztens habe ich Gerd Heinz wieder gesehen, wir haben uns daran erinnert und beide sehr lachen müssen.

Wolfgang Becker

Filmemacher (»Das Leben ist eine Baustelle«)

Kaninchen in Senfsoße

Vor

einem sehr vornehmen Restaurant. Es war ein quadratischer Raum. Alle Tische standen außenrum, und nur einer stand genau in der Mitte. Und an dem nun saßen wir wie auf einem Präsentierteller. Eins meiner Lieblingsgerichte in diesem Restaurant war Kaninchen in Dijoner Senfsauce. Wer schon mal ein Kaninchen gegessen hat, weiß, dass das Problem die Sehnen an den Hinterläufen sind. Sie sind sehr robust, das Fleisch hingegen liegt zart am Knochen. Ich habe heftig mit dem Ding gekämpft und irgendwann ist ein großes Stück Fleisch in Senfsoße durch den Raum geflogen.

Ein riesiges Bild – es war zu der Zeit der Neuen Wilden – hing an der Wand. Das Stück Kaninchen flog direkt darauf zu und blieb sogar kurz kleben, rutschte dann aber mit der Soße hinunter und landete zwischen zwei Gästen auf dem Tisch. Der ganze Raum hatte es mitbekommen. Alle guckten erst, was das Kaninchenfleisch da macht, und dann auf mich. Ich war ziemlich unter Stress. Ich wusste mir nicht anders zu helfen: Ich stand auf, ging rüber, nahm das Stück Kaninchenfleisch, sagte Entschuldigung, ging wieder zurück und legte es auf meinen Teller. Ich tat einfach so, als wäre weiter nichts gewesen. Die Senfsoßenspur passte übrigens ganz gut zu dem Bild.

Jamie Bell

Hauptdarsteller in »Billie Elliot – I Will Dance«

Diebstahl

Ich

behaupte, dass mir erst einmal in meinem Leben etwas richtig peinlich war. Das liegt vielleicht daran, dass ich tanze, seit ich sechs Jahre alt bin. Wenn man auf einer Bühne steht, vor 500 Leuten, unter denen natürlich auch Jungs sind, die Tanz und

Ballett für eine Mädchensache halten, dann muss man ein ziemlich großes Selbstbewusstsein haben. Und Entschlossenheit. Da lässt man sich nicht so leicht aus der Ruhe bringen und kommt auch nicht so leicht in peinliche Situationen. Aber einmal ist mir etwas schrecklich Peinliches passiert. Nichts wirklich Dramatisches, aber mir war es halt sehr peinlich.

Ich ging in einen Musikladen, um mir eine CD zu kaufen. Als ich wieder herausging, habe ich die CD aus der Tüte genommen, um sie mir anzuschauen, wie man das halt so macht. Als ich an der Sicherheitsschranke vorbeikam, muss ich irgendwie den Alarm ausgelöst haben und bin dadurch so erschrocken, dass mir meine Tasche aus der Hand fiel, und zwar durch den Schrankenbereich nach draußen auf den Gehsteig, was die Sache natürlich noch viel verdächtiger aussehen ließ. Während ich hastig meine sieben Sachen zusammenkramte, kam auch schon ein Mann vom Sicherheitsdienst und zog mich unter den Augen der Schaulustigen in den Laden zurück, wo ich nachweisen musste, dass ich die CD bezahlt hatte. Obwohl ich gar nichts Verbotenes getan hatte, kam ich mir vor wie ein Verbrecher, nur weil mich die Leute zwangsläufig dafür hielten. In ihren Augen muss ich wie ein trotteliger kleiner Dieb ausgesehen haben, der selbst zum Fliehen zu blöd ist. Und so habe ich mich dann auch gefühlt.

Claus Biederstaedt

Schauspieler, Regisseur und Synchronsprecher (Marlon Brando, Paul Newman)

Der Taxifahrer

Vor einigen Jahren musste ich zum Synchronisieren nach Berlin. Dort angekommen, nahm ich mir ein Taxi. Der Taxifahrer war ein älterer Herr mit Altberliner Mutterwitz. Wir unterhielten uns gut. Plötzlich fuhr er eine andere Strecke als die, die ich gerne gefahren wäre. Ich sagte: Nee, juter Mann, nun fahren Sie mal die Strecke, die ich immer fahre, über die Schloßstraße in Steglitz. Der Taxifahrer sagte: Na, wenn Se unbedingt drauf bestehn, dann muss ick det ja machen.

Als wir an der Kaisereiche, dem berühmten Baum auf der Verkehrsinsel, vorbeikamen und an der Ampel hielten, sagte er: Sie kennen det sicher, det is hier die Kaisereiche. Wissen Se, ick fahr diese Strecke nicht mehr sehr jerne, denn am letzten Tag des Krieges sind hier meine Frau und meine beiden Kinder von einem Tiefflieger erschossen worden.

Ich habe nichts mehr sagen können, mir sind die Tränen runtergelaufen. Ich habe mich auch nicht entschuldigt. So was lässt sich nicht entschuldigen. Ich war sehr tief beschämt. Am Schluss habe ich ihm sehr viel mehr gegeben als nötig. Aber damit lässt sich so etwas erst recht nicht aus der Welt schaffen. Ich werde nie wieder jemanden zwingen, eine Strecke zu fahren, die er nicht fahren will. Es tat mir in der Seele weh, vor allen Dingen, weil er das völlig unpathetisch und ganz unsentimental in seiner humorigen Berliner Weise gesagt hat: Vielleicht verstehen Sie det jetzt, det ick hier nich so jerne vorbeifahre? Wann immer ich da heute noch hinkomme, muss ich an diesen Taxifahrer denken.

Maxim Biller

Schriftsteller (»Die Tochter«)

Erste Liebe

Meine erste große Liebe. Auf einem Bauernhof. Ich war 13 oder 14 und sie ein, zwei Jahre älter. In Wahrheit war sie für mich Epochen und Myriaden älter. Sie hieß auch noch Julia. Und ich war schrecklich verliebt. Ich habe ihr immer zugeschaut, wie sie auf Pferden ritt, und alles sah so elegant aus. Sogar, wenn sie das Geschirr abwusch, sah es elegant aus. Alles an ihr sah so irrsinnig elegant aus, und sie hat mich keines Blickes gewürdigt.

Ich hatte so eine dicke Woody-Allen-Brille. Ich muss einfach ausgesehen haben wie ein Junge, den ein solches Mädchen sich überhaupt nicht anschauen kann.

Meine Leidenschaft kannte keine Grenzen. Eines Tages unternahmen wir in irgendeiner Gruppe einen Ausflug in ein Heimatkundemuseum mit dunklen Treppen und versteckten Gängen. Irgendwann musste ich ganz dringend auf die Toilette. Solche Geschichten haben oft mit Toiletten zu tun. Ich halte es also nicht mehr aus und renne so schnell wie möglich zur Toilette, reiße die Tür auf und da sitzt sie, das arme Mädchen. Sie sieht mich. Ich sehe sie. Sie springt schreiend hoch, fuchtelt abwehrend mit den Armen. Ich sehe auch irgendwas. Das, wovon ich geträumt hatte, es zu sehen, sah ich sogar für eine Sekunde. Und es war mir so peinlich, dass meine Liebe in dem Moment sofort erlosch.

Ich bin natürlich ein Schwein, denn am Ende war es für sie peinlich und nicht für mich ... Ich würde nur gerne wissen, ob sie wirklich so hübsch war, wie ich dachte.

Norbert Blüm

CDU-Politiker, Minister für Arbeit und Sozialordnung (1982–1987)

Island zu Fuß

1959

habe ich mit meinem Bruder und ein paar Freunden eine Pfadfinderexpedition gemacht. Wir wollten Island zu Fuß von Norden nach Süden durchqueren, eine menschenleere, schlecht kartographierte Gegend.

Ich war der Älteste, 24 Jahre, mein Bruder der Jüngste, 16 Jahre. Wir waren eine wilde Truppe, gut vorbereitet, und sind topfit losgezogen. Aber das Wetter spielte nicht mit. Erst kam Nebel auf. Wir mussten mit dem Kompass laufen, konnten keine langen Strecken peilen und fielen hinter den Zeitplan zurück. Dann regnete es auch noch, und wir mussten Bäche durchqueren. Wir waren völlig durchnässt und nach fünf Tagen total erschöpft. Es war uns allen längst klar, dass wir es nicht schaffen würden, aber zugeben wollte es keiner. Ich als Ältester hätte einlenken müssen. Stattdessen habe ich darauf gewartet, bis jemand anderes den Mut hatte zu sagen: Ich kann nicht mehr. Ich war zu feige, unsere Niederlage einzugestehen. Es ist wichtig, durchhalten zu wollen, aber genauso wichtig ist es, Niederlagen zugeben zu können. Ich war feige, weil ich darauf gewartet habe, dass sich jemand anderes als schwach outet. Am siebten Tag waren wir schließlich soweit. Aber wir konnten es immer noch nicht aussprechen. Wir beschlossen, uns nach Westen durchzuschlagen, weil es uns peinlich war, dieselbe Strecke wieder zurückzulaufen. Insbesondere wollten wir nicht noch mal auf einen Bauern treffen, der uns auf dem Hinweg abgeraten hatte, weiterzugehen, weil das Wetter schlecht würde. Am zehnten Tag landeten wir dann doch wieder auf dem Bauernhof, aber man hat uns freundlich empfangen.

Und dann passierte etwas, das mir auch noch bis heute in den Knochen sitzt: Mein Bruder hatte seinen Pfadfinderhut unterwegs liegenlassen. Ich dachte, das sei nicht weit von uns passiert, und sagte: Geh und hol ihn. Mein Bruder ging, aber er kam nicht wieder. Er war wie vom Erdboden verschluckt. Schließlich gingen wir ihn suchen. Ich dachte schon, es sei ihm etwas zugestoßen, und fragte mich, wie ich das meiner Mutter erklären sollte. Abends um zehn hatten wir ihn endlich. Der

Hut war nicht einen, sondern zehn Kilometer weit entfernt liegengeblieben. Ich habe meinen Bruder wegen so eines blöden Hutes allein zehn Kilometer weit laufen lassen! Es war hirnrissig.

Nach Island, an den Ort der Niederlage, bin ich nie wieder zurückgekehrt. Dafür habe ich mich durch Rentengelände und sozialpolitische Wüsten gewühlt – immer auf der Suche nach Oasen.

Erich Böhme

Talkshowmoderator und früherer Chefredakteur »Der Spiegel«

Lehrgeld

1949,
nach dem Abitur, wollte ich um jeden Preis Journalist werden. Keiner nahm Volontäre an. Ich bin von Pontius zu Pilatus gerannt. Schließlich bewarb ich mich bei der Nachrichtenagentur vwd, einer Tochter von Reuters zu jener Zeit.

Ich habe mich bei einem Engländer vorgestellt. Am Ende der Unterhaltung, die wir auf Englisch führten, waren wir uns einig und verabschiedeten uns mit Handschlag.

Als ich draußen war, fragte mich mein Begleiter, ob ich wisse, worauf ich mich da eingelassen habe? Ich antwortete: »Na klar. Ich bin angestellt.« »Aber für null Mark im ersten Monat und ab dem zweiten für fünfzig Mark«, erklärte er mir trocken. Da habe ich mich zu Tode geniert, dass ich das Opfer meines kryptischen Schulenglischs geworden war.

Es war auch nichts mehr zu machen. Der Engländer blieb stur. Die Vereinbarung galt für ein Jahr. Ich habe meinen Eintritt in den Journalismus teuer bezahlt.

Anton Burkhart

Förster und Jesusdarsteller bei den Passionsspielen in Oberammergau

Die Erlösung

Meine privaten Geschichten sind nicht von öffentlichem Interesse, aber mir ist als Jesus etwas passiert, was sehr peinlich hätte werden können. Man muss sich vorstellen, man hängt am Kreuz. Man ist nicht Jesus, aber es geht einem doch sehr nah. Arme und Beine stecken in gebogenen Eisennägeln. Ich bin sechzig Mal in Oberammergau am Kreuz gehangen, gestorben, und wieder auferstanden. Es ist immer alles gut gelaufen. Nur einmal sind mir während der Aufführung die Arme eingeschlafen. Ich konnte nichts mehr spüren. Ich hatte überhaupt kein Gefühl mehr in Armen und Händen, spürte also auch nicht, ob meine Arme noch in den Ringen hingen. Es war entsetzlich. Ich hatte meine letzten Worte: »Es ist vollbracht« schon gesprochen, war also schon tot und konnte nicht den Kopf heben, um nachzusehen, ob meine Arme noch fest in den Ringen hingen. Fünfundzwanzig Minuten hängt man am Kreuz. Normalerweise spürt man die Eisenringe am Handgelenk. Meine waren taub. Ich war panisch und dachte nur daran, wie unvorstellbar peinlich es wäre, wenn mir ein Arm herausfallen würde. Stellen Sie sich vor, Sie hängen vor fünftausend Zuschauern als Jesus am Kreuz und Ihnen fällt der Arm aus der Schlaufe. Ich habe schrecklich Angst gehabt und mich nur noch gefragt: Wie hängst du jetzt da drin? Man kennt ja den Text, der gesprochen wird. Es dauert dann noch eine Zeit, bis Jesus vom Kreuz genommen wird. Bei jedem Satz, der kam, dachte ich nur: Bitte, bitte, macht schnell! Irgendwann – es kam mir vor wie eine halbe Ewigkeit – kam dann die Leiter und der Griff an die Arme. Ich habe nichts gespürt, aber war so froh, dass die Auferstehung am Ostersonntag für mich der schönste Moment überhaupt war. Eine wahre Erlösung.

Campino

Sänger und Bandleader »Die Toten Hosen«

Freundinnen

Es gab mal eine kurze, glückliche Zeit, in der ich zwei Freundinnen gleichzeitig hatte. Sie wussten natürlich nichts voneinander. Ich war damals auf Südamerika-Tournee. Zwischendurch hatte ich einen Tag frei. Mir war nach Briefeschreiben. Ich dachte, es wird Zeit, sich bei den Lieben daheim zu melden und schrieb zwei ganz nette Briefe an meine beiden Freundinnen. Ich gab mir große Mühe. Die Briefe wurden lang und ziemlich innig. Ich zog Beziehungs-Bilanz und versicherte, wie tief meine Gefühle für sie seien. Die Briefumschläge hatte ich zuvor beschriftet. Und dann passierte, was passieren musste. Ich Idiot habe es tatsächlich fertig gebracht, die Briefe zu vertauschen. Ich habe sie in den jeweils falschen Umschlag gesteckt. Gemerkt habe ich den Schlamassel erst nach meiner Rückkehr, als es längst zu spät war.

Von da an war ich wieder Single. Die eine ließ überhaupt nichts mehr von sich hören. Von der anderen fand ich bei meiner Heimkehr in der Post das falsche Schreiben fein säuberlich zerrissen mit der Bitte, mich nie mehr bei ihr blicken zu lassen. Ich hatte es verbockt, das war klar. Ich habe gar keinen Versuch gemacht, noch einmal Kontakt aufzunehmen. Ich wusste, es war sinnlos. Es war mir alles sehr peinlich, aber ich habe auch über mich gelacht, weil ich es nicht anders verdient hatte.

Toni Collette

Australische Schauspielerin (»The Sixth Sense«)

Der Blinddarm

Doppelt peinlich war, als eine Jugendsünde ans Licht kam, die lange Jahre mein wohl gehütetes Geheimnis war: Ich habe als elfjähriges Mädchen eine Blinddarmentzündung vorgetäuscht. Und man muss sich das mal vorstellen: Ich habe mir den Körper aufschneiden lassen, nur um nicht in die Schule gehen zu müssen. Das Täuschungsmanöver war mir nicht schwer gefallen. Ich wusste genau, wo der Blinddarm sitzt, und ich wusste auch, dass es nicht wehtut, wenn man reindrückt, sondern erst wenn man wieder loslässt. Als ich bei der Untersuchung laut aufschrie, hieß es nur: »Sofort operieren«. Niemand hat davon erfahren, noch nicht einmal meine Eltern. Die Geschichte ist Jahre später nur herausgekommen, weil ich sie einem Regisseur der Sendung »Time Out Magazine« anvertraute – natürlich nicht in der Absicht, dass sie veröffentlicht wird. Der Regisseur wurde dann aber über mich befragt und hat mein Geheimnis verraten, um zu zeigen, wie verrückt ich sei. Schließlich hat man mich dann ohne Vorwarnung vor laufender Kamera darauf angesprochen, und es blieb mir nichts anderes übrig, als die Geschichte zuzugeben und die ganze Wahrheit zu sagen. Ich fühlte mich, obwohl es schon so lange her war, wie auf frischer Tat ertappt. Und meine Eltern waren verständlicherweise auch ziemlich entsetzt.

Giovanni di Lorenzo

Chefredakteur »Der Tagesspiegel« und Talkshowmoderator »III nach 9«

Das Tischbein

In jungen Jahren war ich einmal bei einer sehr kunstsinnigen Freundin eingeladen, einer ehemaligen Kommilitonin, die heute eine nicht unbedeutende Rolle in der Politik spielt. Sie gab zusammen mit ihrem Freund, einem Maler, ein Abendessen, das für unsere damaligen Verhältnisse sehr aufwendig war. Der Abend hatte auch besondere Gäste, unter anderen den zu dieser Zeit amtierenden deutschen Botschafter in der UdSSR und seine Frau. Ich kam als Letzter und war motorisch etwas unruhig. Die Unruhe machte sich dadurch bemerkbar, dass ich dauernd gegen das Tischbein trat. Ich hatte einen Eckplatz neben der Gattin des Botschafters. Nach mehreren Stunden – wir waren inzwischen beim Dessert angelangt – gab das Tischbein plötzlich nach. Ich schaute nach unten und sah, dass dort, wo ich das Tischbein wähnte, das Bein der Botschaftergattin war, mit der ich den ganzen Abend ein angestrengtes Gespräch geführt hatte. Ich war total bestürzt und stammelte: »Ich glaube, ich habe Sie den ganzen Abend getreten.« Worauf sie sehr schnell und sehr kühl antwortete: »Meistens war es das Tischbein.«

Doris Dörrie

Autorin und Filmemacherin (»Bin ich schön?«)

Der Produzent

Bei der Verleihung des Bundesfilmpreises 1995 hat mein Film »Keiner liebt mich« Silber bekommen. Wir waren alle wahnsinnig aufgeregt und happy. Auf dem anschließenden Empfang kam ein Herr auf mich zu, groß gewachsen, weißhaarig. Er hat mir sehr nett gratuliert und mir gesagt, er sei ein großer Fan von mir. Sehr fachmännisch hat er über meinen Film gesprochen. Ich habe mir den Kopf zermartert, wer er sein könnte. Er sah aus wie ein Filmproduzent, ein stattlicher älterer Herr. Aber ich bin einfach nicht darauf gekommen, wer er war. Da habe ich ihn gefragt: »Welchen Film produzieren Sie denn gerade?« Er hat ein bisschen gestutzt und sagte dann: »Ja, ich wäre auch ganz gerne Filmproduzent. Die Welt des Films würde mir gefallen.« Später stellte sich heraus, es war Roman Herzog. Als ich das erfuhr, war mir das irrsinnig peinlich. Ich weiß nicht mehr, wie ich dahinter kam. Ich glaube, seine Frau kam dazu, und sie habe ich gleich erkannt. Jedenfalls erfuhr ich, dass ich mit dem damals amtierenden Bundespräsidenten gesprochen hatte – und ich habe ihn für einen Filmproduzenten gehalten. Wahrscheinlich hat er das längst vergessen. Ich glaube, er hat gedacht, ich hätte einen Witz gemacht.

Klaus Doldinger

Komponist und Musiker

Schwanger

Ich

hatte mit meiner Band »Passport« einen Auftritt in einem Club in New York. Eine Journalistin sollte anschließend ein Interview mit uns machen. Die Dame war recht rundlich. Als Vater von drei Kindern meinte ich in liebevoller Anteilnahme fragen zu müssen, wann es denn soweit sei? Sie antwortete völlig verdattert: »Was soll soweit sein?« Ich immer noch ahnungslos: »... die Geburt?« Es durchfuhr mich wie ein eisiger Blitz: Sie war gar nicht schwanger, es war nur ihre natürliche Körperfülle. Ich wollte in den Boden versinken. Die Runde hat das Gott sei Dank abgefangen. Meine Musiker übernahmen das Gespräch. Nie wieder habe ich so eine Bemerkung gemacht.

Katja Ebstein

Sängerin (»Wunder gibt es immer wieder«)

Willy Brandt

1972

habe ich mich mit der Günther-Grass-Initiative für die Wahl von Willy Brandt zum Bundeskanzler eingesetzt. Ich kam gerade von einer Tournee mit der SFB-Big-Band aus der Sowjetunion zurück. Das war damals überhaupt das erste Mal, dass ein westdeutsches Orchester in den Osten fahren durfte. Der Erfolg war riesengroß, das russische Publikum hinreißend und begeistert. Erfüllt von diesen tollen Erlebnissen machte ich dann Wahlkampf unter dem unsäglich zickigen Plakat-Slogan: »Katja sehen. Wählen gehen. Willy – wen denn sonst!« Dann wurde mir angeboten, auf dem Bundespresseball zu singen. Für diesen Abend nahm ich mir vor, als Abschluss ein spezielles Lied für Willy Brandt und seine Ostverträge zu singen: Das »Lied von der Taube« des Kinderbuchdichters James Krüss. Nur hatte ich vorher niemanden informiert. Prompt gab es einen Aufstand. Die CDU empörte sich und verließ den Saal. Ich hatte mir keine Vorstellung gemacht, welchen Tumult mein Auftritt auslösen würde. Aber ich fand's gut. Auf der einen Seite gab es Protest, auf der anderen beste Laune: Willy Brandt strahlte. Nicht, dass ich Willy Brandt dieses Lied gewidmet hatte, war mir peinlich – peinlich war die Sache sicher mehr für die Veranstalter. Wenn ich heute daran denke, ist mir der plüschige Slogan, den man mir auf das Plakat gepappt hat, am peinlichsten.

Adrian Edmondson

Britischer Fernsehkomiker (»Guest House Paradiso«)

Der Kuss

Als ich ein Teenager war, so mit vierzehn oder fünfzehn Jahren, fing ich an, mich für Mädchen zu interessieren. Meine Gedanken kreisten nur um sie. Ich wünschte mir sehnsüchtig eine Freundin und befasste mich aus diesem Grund auch sehr stark mit dem Problem des Küssens. Ich wollte herausfinden, was es damit auf sich hat, wollte wissen, wie das geht.

Meine Schwester hatte damals ein Haarteil, das sie auf einem Styroporkopf aufbewahrte. Das schien mir ein geeignetes Versuchsobjekt, und ich benutzte es, um das Küssen zu üben. Das machte ich recht häufig und habe mich auch jedes Mal richtig reingesteigert.

Eines Tages wurde ich aus meinem Kuss-Training gerissen und heruntergerufen, um meine Großmutter zu verabschieden. Wir gaben uns zum Abschied immer einen Kuss auf den Mund. Aber dieses Mal habe ich ihr dabei versehentlich meine Zunge in den Mund geschoben, weil ich mit den Gedanken noch ganz bei meinen Mädchen war. Meine Großmutter sah sehr, sehr schockiert aus, hat aber kein Wort gesagt. Sie ist schließlich englisch, da redet man über so was unter gar keinen Umständen!

Dieser Moment verfolgt mich heute noch. Obwohl meine Großmutter, die damals schon sehr alt war, bereits seit vielen Jahren tot ist, empfinde ich dieses Gefühl maßloser Scham heute noch genauso stark, so als wäre es gerade erst gewesen. Wenn ich nur daran denke, möchte ich in den Boden versinken. Was hat meine Großmutter sich wohl dabei gedacht? Was hat sie bloß von mir gehalten? Wahrscheinlich ist es kein Zufall, dass es nach diesem traumatischen Erlebnis noch sehr lange dauerte, bis ich die erste echte Freundin hatte ...

Bernd Eichinger

Filmproduzent (»Der Name der Rose«)

Sylvester Stallone

Ich

hatte einmal in Ungarn zu tun und hielt mich in einem Hotel in Budapest auf. Als ich in den Lift stieg, stand mir ein relativ kleiner Mann gegenüber, der ausschaute wie Sylvester Stallone. Es war wirklich verblüffend. Ich habe ihn gleich darauf angesprochen, aber er hat nicht so richtig reagiert. Dann habe ich es auf Englisch probiert, ob ihm das schon mal jemand gesagt habe. Ich war mir nicht sicher, ob er mich versteht, aber ich hab einfach weitergeredet, da müsse man doch was draus machen, dieses Talent vermarkten. Schließlich habe ich ihm meine Telefonnummer gegeben, er solle mich mal anrufen, ich sei auch immer wieder in Los Angeles und dann könnten wir sehen, was sich machen ließe.

Noch am selben Abend war ich zur Eröffnung eines neuen Spielcasinos eingeladen. Dort traf ich ihn wieder, diesmal in Begleitung, und er wurde mir als Sylvester Stallone vorgestellt. Er war es wirklich, und er grinste mich sehr verschmitzt an. Er hatte seinen Spaß mit mir gehabt. Wäre ich ihm in Berlin oder München begegnet, wäre ich wohl drauf gekommen. Aber wer rechnet schon damit, Sylvester Stallone allein in einem Lift in Budapest zu begegnen? Natürlich wollte er sich nicht zu erkennen geben, weil sich niemand gerne von Fremden ansprechen lässt. Er wusste auch nicht, wer ich war. Ich mache das übrigens manchmal auch so, dass ich nein sage, wenn mich auf der Straße jemand fragt, ob ich der Bernd Eichinger bin.

Erhard Eppler

SPD-Politiker, Minister für wirtschaftliche Zusammenarbeit (1968–1974)

Die SPD

Von

1952 bis 1956 war ich Mitglied der Gesamtdeutschen Volkspartei Gustav Heinemanns. Aber ich hatte in dieser ganzen Zeit immer Kontakte zu Sozialdemokraten, vor allem zuerst zu Carlo Schmid und später dann zu Fritz Erler. Ich lebte in Schwenningen. Erler hatte lange Zeit in Tuttlingen gelebt und so trafen wir uns häufig. Es war Ende 1955, als Erler mich fragte, ob es nicht Zeit sei, aus dieser kleinen Partei auszusteigen und in die große SPD zu kommen. Ich hatte alle möglichen Einwände und wir begannen, uns kontrovers zu unterhalten über die Möglichkeiten der Außenpolitik und vor allem über die Möglichkeiten einer deutschen Vereinigung. Schließlich – offenbar war es Erler zu dumm geworden – sagte er zu mir: »Wenn Sie einen Grabstein haben wollen, auf dem steht ›Er hat immer Recht gehabt‹, dann bleiben Sie, wo Sie sind. Und wenn Sie politisch wirken wollen, dann kommen Sie zu uns.« Das habe ich bis zum heutigen Tag nicht vergessen. Es war übrigens der letzte Anstoß dafür, dass ich dann im Januar 1956 der SPD beigetreten bin.

Erkan & Stefan

Erkan Maria Moosleitner und Stefan Lust, Komiker

Das Urteil

Ja eigentlisch hab isch noch nie peinlisches Erlebnis gehabt. Isch schwör! Mein ganzes Leben is halt voll konsequent respektmäßig und so. O. k., bis auf einmal, da hab isch Verhandlung gehabt bei Gerischt und so. Bei mir is immer so, dass isch misch fett auf meine Verhandlungen freuen tu, weil's halt auch Respekt bringt in meiner Hood, weissu? Am Tag vorher hab isch halt so ziemlisch alle krassen Checker angerufen und Eintrittskarten an sie vercheckt. Die sind natürlisch alle gekommen, weil sie wissen: Bei Verhandlungen vom Erkan is immer Äkschen garantiert, und die Wetteinsätze sind hoch. Dabei frag isch misch schon, welscher Verräter meint, dass isch freigesprochen bekomme.

Angefangen hat's dann auch fett korrekt routinemäßig: Isch style halt mit massig Applaus in den Gerischtssaal rein, mit T-Shirt-Aufdruck »500 Verhandlungen – Kein Freispruch!« Alter, und die Rischterin war erst brontal scharf! Also sexuellmäßig halt mit erotische Ausstrahlung und so weiter und so krass. Und dann hat sie angefangen, meine Anklagepunkte aufzutexten: Isch hab nämlisch mit Spraydose an Rathaus hingesprüht: Erkan besorgt dir krass! plus Telefonnummer untendrunter, falls es scharfe Bunnies lesen. Weiß auch nisch, wie die von Polizei misch draufgekommen sind. Jedefalls legt die Rischterin voll los, so von wegen Sachbeschädigung, Beschädigung öffentlischen Eigentums, grober Unfug und dann auch noch Diebstahl, weil isch keine Quittung für die schwule Spraydose gehabt hab.

Im Saal war schon dreimal die La-Ola-Welle durschgelaufen, und mir war halt sofort klar, dass die Rischterin auf misch steht. Aber der Staatsanwalt war irgendwie fett der Anfänger. Der hat halt noch nisch gewusst, wie's läuft, und hat misch alle Anklagepunkte gestrischen; nisch mal Sozialstunden hab isch bekommen. Hey, was geht ab? Und dann steht nachher auch noch mein Kollege, der Stefan, am Saalausgang und kassiert fett die Wetteinsätze ein.

Isch frag misch halt schon, was mit Justiz abgeht! Isch will fett schuldig sein, aber nein, isch werd freigesprochen, und der Stefan macht die Asche damit. Brauch isch des? Auf die Rischterin hab isch dann halt auch keinen Bock mehr gehabt.

Herbert Feuerstein

Entertainer und früherer »MAD«-Chefredakteur

Die Prüfung

Mit neunzehn habe ich mich als Musiker probiert. Später habe ich erkannt, dass ich einfach etwas machen wollte, wofür applaudiert wird. Musik bietet sich da an. Ich habe also am Mozarteum Klavier studiert und mich auf relativ avantgardistische

Sachen spezialisiert – schlicht aus dem Grund, weil das für andere schwer nachvollziehbar war, also auch nicht von Bedeutung, ob ich richtig oder falsch spielte. Ich war schon immer gut im Imitieren und Parodieren, weniger gut aber in der Wiedergabe von exakten Noten.

Mein Kompagnon war Geiger, der es später zum Blues-Musiker und Konzertmeister gebracht hat. Eines Tages hat uns der Ehrgeiz gepackt, und wir haben uns zum Musikwettbewerb der ARD angemeldet. Ich konnte natürlich nicht zugeben, dass ich das, was ich tat, nicht wirklich beherrschte. Wenn man in der Eitelkeit etwas oft genug macht, fängt man an, selber daran zu glauben. So geht es auch Politikern. So schlecht kann man gar nicht sein, dass man, wenn man Beifall bekommt, nicht meint, man sei doch ganz gut gewesen. Jedenfalls sind wir angetreten. Das Tödliche war, dass es Pflichtstücke gab, die auch alle anderen spielen mussten. Im Vergleich klang unsere Darbietung wesentlich anders. Vor allem eine Strawinsky-Sonate hatte ich immer nur angedeutet, was gut klang. Aber hier bekamen die Juroren mit, dass etwas nicht stimmte. Beim Stück unserer Wahl, einer Mozart-Sonate, war ich bereits so fertig, dass ich schon in dem kleinen Klaviervorspiel völlig sinnlose Sachen spielte. Die Jury war sehr anständig, sie zuckten nur innerlich. Aber ich bin fast vergangen vor Qual und Peinlichkeit. Das war das Ende meiner aktiven Musikerlaufbahn. Heute bluffe ich nur noch verbal.

Ottfried Fischer

Kabarettist und Schauspieler (»Der Bulle von Tölz«)

Der Liebesbrief

Meine peinlichsten Erlebnisse hatten früher immer mit Frauen zu tun. Ich habe mir eine Menge Körbe abgeholt. Man muss sich das vorstellen: Ein junger Mann nimmt sich ein Herz und gesteht nach einem langen Denkprozess einer Frau seine Liebe, und sie sagt: Leck mich doch am Arsch mit deinem Schmarrn. Das ist eine hochnotpeinliche Situation, derart unerfreulich, dass ich eines Tages beschlossen habe, sie zu vermeiden. Ich habe einfach niemanden mehr gefragt. Ich hatte zu Hause genügend Körbe.

Ich bin froh, dass es das Schicksal dann doch noch gut mit mir meinte und folgende Episode nicht der Höhepunkt meines Liebeslebens war: Ich hatte mich sehr in eine junge Dame verknallt und habe das in den Ferien daheim lange überdacht. Zum Ferienende habe ich ihr schließlich einen Brief geschrieben, einen meiner Ansicht nach wunderschönen Brief. Heute bin ich noch stolz auf ihn.

Die junge Dame lebte in einem kleinen Dorf. Ich wartete ein paar Tage, dann fuhr ich hin. Es war schön. Als ich ankam, kicherten alle, die mich sahen. Sie hatte jedem meinen Brief gezeigt. Das ganze Dorf kannte mich. Alle ihre Freundinnen wussten Bescheid, und es gab ein großes, allgemeines Gaudium. Das Einzige, was mich ein bisschen beruhigt hat, war, dass die Angebetete sagte, der Brief sei so toll, den habe ich doch ganz sicher nicht selbst geschrieben.

Lisa Fitz

Kabarettistin, Sängerin und Schauspielerin

Kruzitürken

Neulich

fahre ich mit dem Hotellift vom fünften Stock ins Erdgeschoss. Der Lift hält an jeder Station. Tür geht auf, keiner da, Tür geht wieder zu. Tür geht wieder auf, wieder keiner da, Tür zu. Mir hat's pressiert. Ich bin ein ungeduldiger Typ. Der Lift hält zum dritten Mal. Eine Frau mit Wäschewagen steigt ein. Im ersten Stock geht die Tür noch einmal auf, und dann sag ich ganz laut »Kruzitürken«. Das ist bayerisch und heißt »verdammt nochmal«.

In dem Moment kommt ein großer Mann mit einem riesigen Schnäuzer rein, ein Türke. Ich wusste nicht, wo ich hinschauen soll und stand da mit der Nase am Fußboden. Mir war das total peinlich. Da sagt die Wäschefrau neben mir: Das macht nichts, der spricht gut deutsch. Und ich sag: Super, dann ist ja noch schlimmer. Der Mann hat das einfach überhört und leise vor sich hingeschmunzelt. Ich war zu verstockt, um zu sagen, dass ich nicht ihn gemeint hatte. Das hätte die Sache nur noch schlimmer gemacht. Ich konnte ihm ja nicht erklären, dass das ein bayerischer Fluch ist, der mit Türken nichts zu tun hat. Natürlich hatte das ursprünglich mal was mit Türken zu tun. Aber das sagt man halt so, wie man auch sagt »bis zur Vergasung«. Das darf einfach nicht sein. Aber er hat's gelassen genommen.

FLATZ

Performance-Künstler

Das Revier

Mir

war nur einmal etwas richtig peinlich, und das war ausgerechnet die Begegnung mit einem Hund. Ich musste eilig zu einem Termin, aber vorher noch dringend ein gewisses Geschäft erledigen – jedoch keine Toilette weit und breit.

Ich stelle mich also vor einen Baum. Da spüre ich etwas Warmes an meinem Bein, drehe mich um, und sehe einen Hund, der dasselbe tut wie ich, nur nicht an den Baum, sondern an mein Bein. Ich schreie: Hau ab! Er reagiert nicht. Ich drehe mich um, um ihn zu verscheuchen. Da weicht er aus, macht einen Bogen, stellt sich auf die andere Seite und verrichtet sein Geschäft an meinem anderen Bein. Damit aber nicht genug: Ich steige in mein Auto und fahre zurück, um mich umzuziehen. Da kommt eine Polizeikontrolle. Der Polizist beugt sich in mein Auto und fragt: Wie riecht's denn bei Ihnen? Ich erzähle die Geschichte von dem Hund. Da bekommt er einen Lachanfall und nimmt mich zur Blutprobe mit auf das Revier. Dabei bin ich Antialkoholiker.

Dort habe ich meine Geschichte noch mehrmals erzählt. Die haben sich alle geschüttelt vor Lachen. Als die Probe negativ war, haben sie mich gehen lassen.

Amelie Fried

Bestsellerautorin (»Glücksspieler«) und Talkshow-moderatorin (»III nach 9«)

Der Chef

Es gibt Leute, die denken, mir wäre nichts peinlich, dabei habe ich manchmal das Gefühl, das ganze Leben ist eine Verkettung von Peinlichkeiten.

Als ich anfing Fernsehen zu machen, noch jung und sehr unsicher war und es im Grunde allen recht machen wollte, begegnete ich bei einer wichtigen Fernsehpreisverleihung einem dieser wichtigen Fernsehfunktionäre, von dem man mir sagte, dass er wichtige Entscheidungen über meine Zukunft treffen könne. Im Gespräch erwies er sich als eher zurückhaltender und sogar humorvoller Mensch und stellte meine jugendlichen Vorstellungen von den Mächtigen im Haifischbecken Fernsehen so ziemlich auf den Kopf. Ich merkte mir sofort seinen Namen und sein Gesicht.

Einige Wochen später sprach mich an einem Flughafen irgendwo in Deutschland ein freundlicher, mir unbekannter Herr an. Er tat so vertraut, dass ich ihn fragte: »Kennen wir uns?« Schweigen. Es handelte sich ausgerechnet um jenen auffällig menschlichen Fernsehfunktionär, dessen Gesicht und Name ich mir unbedingt merken wollte.

Was soll ich sagen, ich bin diesem Mann noch öfter begegnet und jedes Mal habe ich ihn nicht erkannt. Immer wäre ich am liebsten im Erdboden versunken. Erst nahm er meine Vergesslichkeit noch gelassen, ich glaube, nach unserer dritten Begegnung begann er mich zu hassen, und nachdem ich mich zum fünften Mal unschuldig nach seinem Namen erkundigt hatte, wurde er mein Chef.

Robert Gernhardt

Schriftsteller und Zeichner

Biblisch

Ein
peinliches Erlebnis, an das ich mich mittlerweile sogar schon ganz gerne erinnere, weil es so etwas wie eine Pointe hat, ist mir vor Jahren in Frankfurt widerfahren.

Ich wohne dort in der Neuhausstraße. Es gibt aber auch eine

Neuhofstraße. Eines Abends setzte ich mich, von einer Lesereise zurückgekehrt, in ein Taxi und sagte dem Taxifahrer womöglich etwas nuschelig: Neuhausstraße. Wie die Dinge lagen, hatte der Taxifahrer offenbar Neuhofstraße verstanden. Er setzte sich in Bewegung, und nach und nach nahm ich wahr, dass wir in die falsche Richtung fuhren. Der Tag war anstrengend gewesen für mich, und ich begann mich zu erregen. Ich fragte, wohin er fahre, das sei doch die falsche Richtung. Er erwiderte, ich hätte doch Neuhofstraße gesagt. Er war ein ausländischer Mitbürger, konnte sich grammatikalisch nicht ganz richtig artikulieren. Ich wurde noch erregter, meinte: Ich habe ja wohl ganz klar und deutlich Neuhausstraße gesagt, und ich erwarte, wenn ich Neuhausstraße sage, auch in die Neuhausstraße gefahren zu werden. Da tat er auf einmal etwas, was mich vollkommen beschämte: Er sagte zu mir: »Was rege Sie sich auf, Chef? Lebe is kurz. Stelle wir Uhr ab. Fahre wir Neuhausstraße. Schluss mit Streitmache. Friede is besser« oder so etwas geradezu Biblisches.

Den Rest der Fahrt war ich damit beschäftigt, mich zu entschuldigen. Die Fahrt währte noch eine ganze Strecke. Ich fand gar nicht so viele Worte, wie ich brauchte, um mich über die volle Distanz hinweg zu entschuldigen. Angekommen, gab ich ein sehr gutes Trinkgeld. Die praktische Konsequenz aus diesem Erlebnis aber war, dass ich seither den Namen meiner Straße nie mehr vernuschelt habe.

Michael Groß

Olympiasieger im Schwimmen

Falsche Bahn

Ich bin mit vierzehn erstmals für Deutschland geschwommen. Es war 1978 in Kiel, Jugendnationalmannschaft gegen Sowjetunion und Italien, Freistil auf 1500 Meter. Ich schwamm gar nicht schlecht, alles lief soweit gut. Kurz bevor ich zum Endspurt ansetzte, hörte ich lautes Grölen und dachte, ich werde angefeuert. Klasse, jetzt noch mal richtig Gas geben: Noch zwei Mal wenden. Ich schwamm die letzten hundert Meter so schnell ich konnte. Ich erahnte auch meinen Trainer am Beckenrand, der mir Zeichen gab, und bildete mir ein, ein süffisantes Lächeln auf seinem Gesicht zu erkennen. Aber ich schwamm unbeirrt weiter und gab mein Bestes.

Erst als ich ankam, begriff ich: Das Rennen war längst vorbei. Ich hatte das Ende nicht mitbekommen, war in meinem Eifer hundert Meter zu weit geschwommen, belächelt von den anderen, die bereits aus dem Wasser stiegen. Der Jubel hatte nicht etwa meinem Endspurt gegolten, sondern dem Ende des Rennens. Es war sowas von peinlich, dass ich mich kaum aus dem Wasser traute – ich hätte versinken, buchstäblich abtauchen können. Zum ersten Mal für Deutschland am Start und dann das! Meine Zeit wurde gerechnet, aber sie war natürlich nicht besonders, weil mir der Endspurt fehlte. Man hat mich dann zwar getröstet, das könne jedem passieren, aber ich habe so etwas nie bei anderen erlebt und auch nie gehört, dass es irgendjemand anderem passiert sei.

Von da an habe ich darauf bestanden, dass mir der Trainer ein extra Zeichen zum Ende jedes Rennens gibt, damit mir das bloß nie wieder passiert – ist es zum Glück auch nicht.

Axel Hacke

Journalist und Bestsellerautor (»Der kleine Erziehungsberater«)

Jede Menge Schweiß

Unvergessen

im Familienkreis und einfach gnadenlos blamabel war mein Auftritt auf dem 70. Geburtstag meiner Mutter. Als ältestem Sohn fiel mir – mein Vater war Jahre zuvor gestorben – die Aufgabe zu, eine Rede zu halten. Da mir normalerweise so etwas nicht sehr schwer fällt und ich überdies in den Wochen zuvor kein bisschen Zeit hatte, mich vorzubereiten, gedachte ich, aus dem Stegreif zu sprechen, ein Vorhaben, das mich nicht weiter nervös machte – bis zu genau jenem Moment, in dem ich mich erhob.

Ich stand vor hundert Onkels, Tanten, Cousins, Cousinen, die meisten mit Berufen in der Art: Lateinlehrer, Rechtsanwalt, Apotheker, Arzt. Alle sahen mich an. Ich spürte von links den irgendwie starr-angstvollen Blick meiner Mutter. Der älteste aller Onkels rief: »Ruhe, das Familienoberhaupt spricht!« Man wartete auf etwas Geistreiches, Warmherziges, Witziges. Und – mir fiel nichts ein. Ich war vollständig blockiert. Mir wurde schlagartig klar, dass ich die Sache zu leicht genommen hatte, dass ich dem Leistungsdruck nicht standhalten würde, dass mich diese Zusammenballung familiärer Energie lähmte wie ein Elektroschock. Ich bekam einen einzigen Schweißausbruch. Sämtliche Poren öffneten sich. Aus mir schoss Wasser wie aus einem Sprinkler. Binnen einer Minute sah ich aus wie einer, der im dunklen Anzug in den Monsun gekommen war. In meiner Verlegenheit las ich aus der siebzig Jahre alten Zeitung vor, die ich meiner Mutter schenken wollte und die glücklicherweise auf dem Tisch lag. Ich zerrte mein Taschentuch aus der Hosentasche, meine Mutter reichte mir von links ein Spitzentuch, meine Frau gab mir von rechts eine Packung Tempos, alles zu wenig, zu wenig, zu wenig. Man hätte mehrere Strandlaken gebraucht, mich zu entfeuchten. Keine Ahnung, was ich geredet habe. Ich sackte irgendwann auf meinen Stuhl zurück, verzweifelt, gebrochen, nass.

Dieter Hanitzsch

Karikaturist

Der Heiratsantrag

Meine
Frau Mercedes stammt aus Gran Canaria. Wir sind seit 1973 verheiratet. Ich kann bis heute noch nicht gut Spanisch, damals aber konnte ich es noch so gut wie überhaupt nicht, außer Standardausdrücken, wie »una cerveza«, »muchas gracias« und

»buenas noches«. Wir haben uns in München kennen gelernt, als sie für die Stadt München Ehrengäste der Olympischen Spiele betreute. Als wir später daran dachten zu heiraten, sind wir mit ihrem Vater zum Essen gegangen. Ich konnte mich aber ohne ihre Hilfe nicht verständigen. Mercedes musste jedes Wort übersetzen.

An diesem Abend fasste ich mir ein Herz und hielt um Mercedes' Hand an. Wir waren uns zwar einig, aber Mercedes, die als Dolmetscherin fungierte, war doch ziemlich überrascht, als sie meinen Antrag übersetzen musste. Das war ungewöhnlich und ihr recht peinlich, aber insbesondere mir. Ich habe eine lange Bewerbungsrede gehalten: Was ich beruflich mache, wie mein Einkommen ist, dass ich sie liebe und alles. Und sie musste alles wörtlich übersetzen. Das nahm etwas groteske Formen an. Zum Beispiel, als ich mit rotem Kopf sagte: »Ich liebe sie«, konnte sie nicht antworten »Ich liebe dich auch«, sondern übersetzte: »Ich liebe sie« – und wurde dabei selber rot. Der Schwiegervater war entzückt. Sie erklärte, dass ich beim Bayerischen Fernsehen fest angestellt sei und was ich verdiente. Und sie übersetzte wörtlich den an ihren Vater gerichteten Satz: »Ich bitte um die Hand Ihrer Tochter«. Das war schon sehr komisch, aber sie hat es bravourös gemacht. Der Schwiegervater reagierte mit Humor. Er sagte – und ließ wiederum von seiner Tochter übersetzen: »Warum denn nur die Hand? Nehmen Sie doch gleich die Ganze.«

Tita von Hardenberg

Fernseh-Moderatorin und Produzentin (»Polylux«)

Das Hochzeitsgeschenk

Ich hatte mir einmal ein besonders originelles Hochzeitsgeschenk ausgedacht. Ich wollte etwas anderes machen, als die üblichen Töpfe und Vasen zu verschenken. Also suchte ich nach Fotos vom Bräutigam und der Braut und ließ sie auf 150 hochwertige T-Shirts drucken, bemalte sie noch zusätzlich und verteilte sie an die Gäste auf dem Polterabend. Der Erfolg war überwältigend. Von allen Seiten kamen hilfsbereite Menschen, die mit dafür sorgten, dass die T-Shirts unters Volk kamen. Sie rissen sie mir praktisch aus den Händen. Das hätte mich gleich misstrauisch machen müssen. Sonst sind meine Freunde nämlich nicht so bemüht, und so toll waren die T-Shirts nun auch wieder nicht. Es dauerte nicht lange, da schwante mir der furchtbare Grund für die Begeisterung der Hochzeitsgäste: Das Foto der Braut zeigte nicht die Braut, sondern eine Ex-Freundin des Bräutigams. Ich hatte beim T-Shirt-Druck die Gesichter verwechselt, die sich tatsächlich sehr ähnlich waren. Die Blamage nahm unerbittlich ihren Lauf. Die falsche Braut war Dauerthema in allen Gesprächen. Ich hatte Mühe, glaubhaft zu machen, die Verwechslung sei mir nicht in böser Absicht unterlaufen. Der Bräutigam nahm es mit Humor, aber die »echte« Braut fand es – verständlicherweise – nicht sehr komisch. Ich hätte die T-Shirts am liebsten wieder eingesammelt, versuchte es auch, aber es war einfach unmöglich. Die Leute wollten sie natürlich nicht wieder hergeben und amüsierten sich köstlich. Die Braut spricht bis heute kein Wort mit mir.

Richard Harris

Irischer Filmschauspieler (»Harry Potter«)

Das Autogramm

Ich

komme aus dem irischen Örtchen Limerick, von dem die meisten wahrscheinlich schon einmal gehört haben werden, auch wenn sie nicht viel mehr wissen, als dass es in Irland liegt und eine seltsame Versform danach benannt worden ist. Es gibt auch wirklich nicht viel über Limerick zu wissen, außer dem Umstand, dass wir ein ziemlich rauer Menschenschlag sind, der eine Menge verträgt und dem – wahrscheinlich auch deshalb – nichts wirklich peinlich ist. Wenn wir uns danebenbenehmen, dann schieben wir das einfach dem Alkohol in die Schuhe, der bei uns vielleicht nicht häufiger als anderswo, aber doch mit einer gewissen Beständigkeit konsumiert wird. Es wird Sie also nicht verwundern, dass ich mich an keinen peinlichen Moment in meinem Leben erinnern kann. Wirklich, mir ist nichts peinlich.

Bei näherem Nachdenken fällt mir allerdings eine Geschichte ein, von der ich gar nicht so recht weiß, wem sie eigentlich peinlich sein muss. Es war in den siebziger Jahren, als ich durch »Der Mann, den sie Pferd nannten« und ein paar Schallplatten eine gewisse Bekanntheit erlangt hatte. Da kam eines Tages, ich weiß nicht mehr wo, eine hübsche Frau auf mich zu und sagte mir, wie sehr sie mich bewundere, meine Arbeit, meine Filme, meine Karriere. Sie war ganz aus dem Häuschen. Ich möchte mich nicht allzu sehr brüsten, aber sie gab mir relativ schnell zu verstehen, dass sie mit mir schlafen wolle. Gut, sagte ich, das lässt sich machen. Aber vorher wollte sie ein Autogramm von mir haben. Ich gab es ihr, und als sie es las, sagte sie: »Oh, ich dachte, Sie sind Peter O'Toole!« Das war in gewisser Weise doch peinlich – auch, wenn ich mich nicht festlegen möchte, für wen.

Matthias Hartmann

Theaterregisseur und Intendant des Schauspielhauses Bochum

Die Spucke

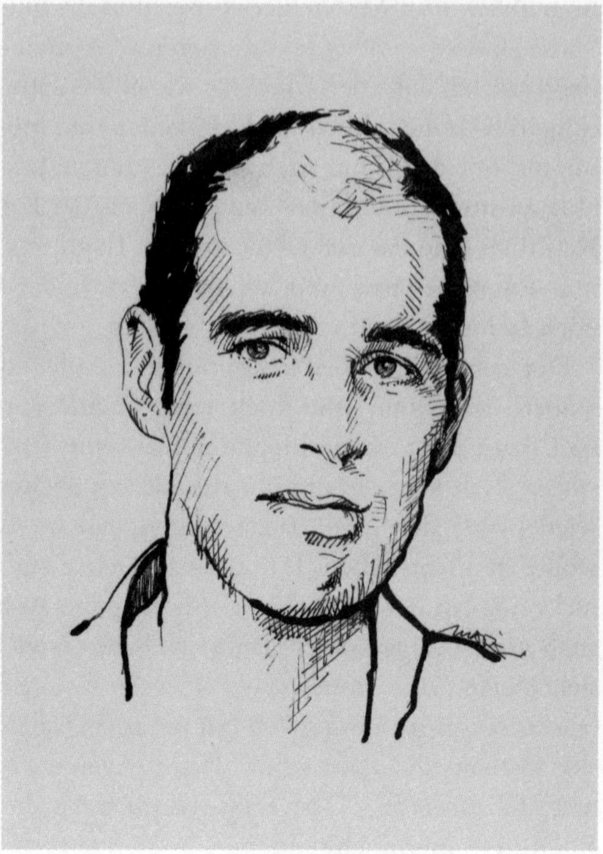

Ich

war vierzehn und auf einem englischen Internat. Dort unterrichtete auch ein ehrwürdiger deutscher Jude, der vor den Nazis geflohen war und traumatisiert von seinen Erlebnissen kein Wort Deutsch mehr sprach. Ich unterhielt mich mit meinen

Schulkameraden auf den Bus wartend, der uns von der Schule zum Internatshaus bringen sollte. Auf einmal hatte ich einen Frosch im Hals. Um ihn wieder loszuwerden, sammelte ich, wie Kinder das so machen, eine Menge Spucke im Mund, um das ganze Gebräu rückwärts in die Hecke zu jagen. Just in dem Augenblick kam Mr. Wehler vorbei, und die glibbrige, schwere Masse landete – wie es kommen musste – genau auf seiner Nasenspitze. Ich habe den Moment wie in Zeitlupe erlebt, sah den ekligen Klumpen durch die Luft fliegen und spürte noch einen Impuls, mit der Hand nach ihm zu greifen, um seinen fatalen Flug zu stoppen oder ihn wenigstens aus der Bahn zu bringen. Natürlich ging das nicht. Mir war die Tragikomik dieser Situation sofort bewusst, und ich musste zu allem Unglück auch noch lachen.

Der arme Lehrer, bespuckt und beschmutzt von einem grinsenden deutschen Kind, hielt seine Hände vors Gesicht und floh. Am selben Abend klopfte ich an seine Tür. Als er öffnete, sah er mich kurz an, um mir die Tür im nächsten Augenblick wieder vor der Nase zuzuschlagen. Meine Entschuldigung wollte er nicht haben. Damit werde ich ewig leben müssen, nicht nur mit der Peinlichkeit, ihn getroffen zu haben, sondern auch mit der Frage, ob er glaubt, ich habe das vielleicht mit Absicht getan. Und insbesondere mit der Schmach, mich nicht entschuldigen zu dürfen. Ich bin nie nachtragend gewesen und war in meinem Leben so oft darauf angewiesen, dass man mir neue Chancen gab. Deswegen wurmt mich dieses Erlebnis in England immer noch sehr.

Leander Haußmann

Theater- und Filmregisseur (»Sonnenallee«)

Faust

Mein
Freund und ich haben an der Schauspielschule zusammen den Faust 1 gemacht. Ich war der Mephisto und er der Faust. Es war ein Riesenerfolg. Wir drehten vollkommen durch, weil wir uns so super fanden. Wir hielten uns für die Bes-

ten, die Größten und die Tollsten – wie typische Studenten halt.

Dann gab's eine Premiere an der Volksbühne und anschließend eine Premierenfeier. Wir betranken uns und tönten immerzu, wie toll wir waren und dass diese Premiere nichts dagegen sei. Gegen fünf Uhr morgens stand jemand auf und sagte »O.k., jetzt reicht's mir. Das will ich sehen.« Daraufhin zog die gesammelte Premierenfeier in den Zuschauerraum der Volksbühne. Alle Schauspieler und Regisseure setzten sich hin, und ein Bühnentechniker machte uns Licht. Wir traten also auf – und kriegten kein Wort heraus. Wir konnten einfach nichts mehr. Es war eine Riesen-Blamage. Im Publikum eisiges Schweigen. Wir versuchten zu retten, was zu retten ist, aber die Zuschauer verließen einer nach dem anderen den Saal. Wir standen da wie die Trottel.

Friedhelm Hengsbach

Jesuit und Sozialethiker

Die Lüge

Ich

war Ende achtzehn, stand kurz vor dem Abitur und war heftig verliebt. Meine Freundin besuchte zweimal in der Woche einen Stenographie-Kurs, zu dem ich sie gern begleitete. Einmal habe ich deswegen den Sportnachmittag geschwänzt. Der Turnlehrer meldete mein Fehlen dem Klassenlehrer. Der stellte mich zur Rede. Ich suchte mich herauszuwinden und erklärte, ich hätte bei der Gemeindeandacht Orgel spielen müssen. Da verlangte der Klassenlehrer eine schriftliche Bestätigung vom Pfarrer, die ich natürlich nicht herbeischaffen konnte. So fing ich an, meine Mutter unter Druck zu setzen, sie solle mir ein Orgelspiel bestätigen, das gar nicht stattgefunden hatte. Spontan lehnte sie eine solche Komplizenschaft ab. Wir stritten sogar miteinander. Ich malte ihr aus, welche Folgen eine solche Affäre kurz vor dem Abitur haben könnte.

In der Nacht schlief ich sehr unruhig. Ich türmte eine Schwindelei auf die andere und zog immer mehr Personen dahinein. Am frühen Morgen fasste ich den Entschluss, die Lügenkette zu zerbrechen und ganz einfach die Wahrheit zu sagen. Die Entschuldigung, die meine Mutter tatsächlich unterschrieben hatte, zerriss ich in Stücke und ging noch vor der ersten Stunde im Dunkeln in die Schule.

Mein Klassenlehrer, den ich als einen humorigen und sympathischen Mathe- und Physiklehrer mochte, saß schon im Lehrerzimmer. Als er mir die Tür öffnete, stellte sich mein Magen quer. Verlegen gestand ich, dass meine Geschichte erfunden sei, dass ich ihn angelogen hätte. Er quittierte mein Geständnis mit der bitteren Bemerkung, dass er sich das gleich gedacht hätte. Da fühlte ich mich wie ein Regenwurm, der im Staub versinkt.

Eva Herman

Tagesschausprecherin und Talkshowmoderatorin

Der Pumps

Dass ich nicht die Geschickteste unter dieser Sonne bin, weiß ich, aber in den meisten Fällen kann ich es gut verbergen. Schließlich ist aus mir eine relativ erfolgreiche Fernsehmoderatorin geworden, die sich, ohne zu stürzen und sich die Gräten zu brechen, frei vor Kameras bewegen kann. Auch vom Nachrichtenpult bin ich während der Sendung um acht noch nicht heruntergerutscht.

Aber dennoch: Einmal besuchte ich meine Schulfreundin in einer fremden Stadt und ging mit ihr aus. Stolz zeigte sie mir ihr Lieblingsrestaurant, in dem sie sehr bekannt zu sein schien. Höflich und mit persönlicher Anrede wurde sie begrüßt und wir bekamen einen hübschen Platz an der Bar, um unseren Aperitif einzunehmen.

Keine Ahnung, ob es an dem Prosecco gelegen hatte oder ich gemeinsam mit ihr die Vergangenheit so intensiv erlebte, dass ich mich psychisch in einer Zeit befand, die nichts mit meinem derzeitigen Status zu tun hatte, und deswegen die beruflich anerzogene Eleganz aus meinen Blutbahnen verschwunden war. Auf jeden Fall versuchte ich ihr zu erklären, welchen Tanzschritt ich als Jugendliche im Kurs am liebsten getan hatte, um meinen ungeliebten Partner stolpern zu lassen. Schwungvoll drehte ich mich auf dem Barhocker um, schwang das rechte Bein und – schwupps – flog mein hellroter, italienischer Pumps in hohem Bogen durch das feine Restaurant und landete, den Bleistiftabsatz in sein Schnitzel bohrend, auf dem Hauptspeisenteller eines berühmten Bundesligasportlers. Unser Essen haben wir dann in einem anderen Restaurant eingenommen.

Regine Hildebrandt

SPD-Politikerin, †2001, Brandenburgische Ministerin (1990–1999)

Spatenstich

Brandenburg

ist ein Flächenland. Man ist mit dem Auto lange unterwegs. Es war Winter. Die Straßen waren relativ vereist, mein Terminkalender wie üblich sehr eng kalkuliert. Wir hatten am Nachmittag einen ersten Spatenstich für eine Behinderteneinrichtung südlich von Brandenburg. Ein erster Spatenstich für eine Behinderteneinrichtung heißt also, Behinderte wollen da in Zukunft leben und arbeiten, aber im Moment steht da noch nichts.

Ich bin eine Stunde zu spät gekommen. Die Rollstuhlfahrer haben die ganze Zeit frierend an der Stelle gestanden. Alle hatten bei Frost auf den Spatenstich gewartet und wollten gerade wieder aufbrechen, als ich endlich kam. Ich habe alle Rollstuhlfahrer persönlich begrüßt, um ihnen die Hände zu wärmen. Es war mir so peinlich wie selten etwas. Ist mir auch nie wieder passiert. Inzwischen ist die Einrichtung fertig, und wir konnten sie einweihen. Diesesmal war es wärmer – und ich war pünktlich.

Kleiner Umweg

Schon einmal, in früheren Jahren, war mir meine Unpünktlichkeit doppelt peinlich: Ich habe als Kind in der Bernauerstraße gewohnt und ging im Zentrum von Berlin zur Schule. 1953 wurde ich in den Osten umgeschult und nun war der Schulweg etwas länger. Ich bin auch damals schon immer auf den letzten Drücker aufgestanden und aus dem Haus.

Ich war eine gewissenhafte Schülerin, die nie unentschuldigt gefehlt hat, die immer alle Schularbeiten gemacht und auch nicht geschummelt hat. Aber eines Tages habe ich verschlafen. Es war mir so peinlich, dass ich mich nicht getraut habe, es zuzugeben.

Und jetzt kommt die doppelte Peinlichkeit: Ich bin auf dem Schulweg zwei Ecken weitergegangen und schnell in eine Polyklinik rein- und gleich wieder rausgegangen. Als ich in die Schule kam, habe ich gesagt: Tut mir Leid, ich war noch in der Polyklinik.

Diese Raffiniertheit der Lüge ist mir heute noch viel peinlicher als die Verspätung selbst.

Nico Hofmann

Filmregisseur (»Solo für Klarinette«) und Produzent (»Der Tunnel«)

Die Stewardess

Mein Leben spielt sich zu großen Teilen in Flugzeugen ab. Am schlimmsten ist die LH 1045 von München nach Berlin. Die fliegt morgens um Viertel nach sieben. Die Stimmung an Bord ist äußerst angespannt. Geschäftsreisende lassen ihre Egomanien an Stewardessen aus: Mäntel werden von deutschen Topmanagern in die Garderobe geworfen. Gegrüßt wird nirgends und niemand, dafür aber die FAZ in voller Breite auf dem Mittelsitz aufgefaltet. Ich nehme mich da nicht aus.

Kurz vor Weihnachten suchte ich auf der LH 1045 nach einem Gepäckfach über dem Platz 1A. Da gibt es aber keins. Ich verwickelte eine junge Stewardess in einen absurden Streit und ließ all meine Wut über die Lufthansa-Verspätungen der letzten Wochen und über die unangenehme Taxifahrt mit einem ruppigen bayerischen Taxifahrer an ihr aus. Ich benahm mich wie ein Kleinkind. Zum Schluss stopfte ich mein Handgepäck unter meine Füße und schmollte 55 Minuten vor mich hin. Sogar den Kaffee verweigerte ich.

Die Episode hatte ein Nachspiel. Einige Zeit später fielen mir im Supermarkt Orangen aus der Plastiktüte. Eine nette junge Person half mir. Plötzlich fiel mir alles wieder ein: Es war die Stewardess aus der LH 1045. Sie war genauso hilfsbereit und freundlich wie auf jenem Flug. Ich war ausgeschlafen und bester Laune. Wir mussten lachen, als ich mich bei ihr entschuldigte. Sie erinnerte sich sofort an unseren Streit – und verzieh mir. Abends gingen wir essen.

Tobias Hülswitt

Schriftsteller (»Saga«)

Das Geheimnis

1987,

als ich vierzehn war, fing ich zu rauchen an und war in null komma nix süchtig. Im Sommer reiste ich für drei Wochen nach England. In der dritten Woche wohnte ich bei einem Freund meiner Eltern. Er ist Priester und gab mir jeden Tag fünf Pfund Taschengeld. Und jeden Abend trug ich sie zu McDonald's, stopfte mich voll und rauchte die seit Stunden ersehnte Camel. Danach mampfte ich drei Kaugummis, um den Zigarettengeruch vor dem Freund meiner Eltern zu verbergen. »Sünde« war damals fester Bestandteil meines Weltbildes, und ich war sicher, dass Zigaretten in den Zehn Geboten nur deshalb nicht vorkamen, weil es sie zu Moses Zeiten noch nicht gab.

In derselben Woche war ein Neffe des Priesters zu Besuch, Robert aus Oregon. Er sprach ein seltsames Englisch, von dem ich kaum ein Wort verstand. Als ich ihm von einer jungen Engländerin erzählte, die ich kennen gelernt hatte, fragte er: »Enn, didje fagör?«, und ich weiß bis heute nicht, was er meinte. Ihm hatte ich mein Rauchgeheimnis anvertraut und ihn gebeten, mich nicht zu verraten, was er mir versprach.

Als wir am letzten Abend bei einer Familie zum Essen eingeladen waren, redete er eine Menge in seinem seltsamen Englisch, und wieder verstand ich nichts, bis er auf einmal das Wort »smoking« sagte und lachte. Ich sah ihn mit schmalen Augen an und sagte: »You asshole! You promised me to say nothing.« Alle am Tisch verstummten, und Robert lehnte sich genüsslich vor und sagte langsam und sehr verständlich: »Aaam, I didn't talk about the camels you smoke every night, Tobias. Maybe you didn't get that?!« No, I didn't, und den Rest des Abends hatte ich heiße Ohren.

Hanns Dieter Hüsch

Kabarettist

Müde

Peinlich

ist, wenn Johannes Rau sagen möchte: »Ich bewundere dich«, aber stattdessen in seiner Rede »Ich bewundere mich« sagt.

Ich bin im Laufe meines Lebens ziemlich selbstbewusst geworden. Das war nicht immer so. Als junger Mann war ich sehr schüchtern und scheu. Ich habe mich in der Schule immer als Letzter gemeldet, wenn alle anderen schon dran waren und konnte also nicht recht mittun.

So ging es mir auch, wenn ich in Diskussionsrunden saß. Man lud mich ein als Kabarettist oder als Prototyp eines bestimmten Themas – und ich konnte nicht mittun. Ich war kein Diskutierer, saß rum und wurde verlegen. Ich war einer von denen, die sich nicht trauen und hinterher, wenn alles vorbei ist, das Reden anfangen.

Heute, ich bin jetzt 76, ist das anders. Wenn ich nichts sage, macht das nichts mehr. Die Bühnenjahre haben mir das Gefühl der Souveränität und der Unabhängigkeit gegeben. Es ist etwas anderes, ob ich mich nicht beteiligen kann oder will. Ich bin der Dinge müde geworden. Nicht müde im Sinne von Einschlafen, sondern: »Es ist jetzt gut, meine Damen und Herren. Ich bin der Dinge müde, alles was diskutiert wird, dafür und dagegen. Sie müssen mir allerdings gestatten, dass ich mich darüber amüsiere.« Die Frage müsste nun lauten: Wie sieht der Augenblick aus, an dem einem etwas nicht mehr peinlich ist?

Michael Käfer

Gastronom

Sektprobe

Vor vielen Jahren war ich bei einer Sektprobe mit zwanzig hochkarätigen Winzern und Weinkönigen. Wir sollten als Fachleute Sekt kosten. Die Flaschen waren verhüllt, sodass man die Marken nicht erkennen konnte. Ich musste als Erster meine Bewertung abgeben. Die Platzpunkte gingen von eins bis zwölf. Als die Hülle meiner Nummer eins abgezogen wurde, wollte ich auf der Stelle sterben: Es war der billigste Sekt von allen, irgendein schrecklicher Faber-Castell.

Ich war der Einzige, der komplett danebengegriffen hatte. Die anderen hatten völlig andere Bewertungen. Es waren ausgezeichnete Jahrgangssekte dabei. Alle haben mich sehr merkwürdig angeschaut. Das Schlimme war, dass ich dann auch noch versucht habe, mich rauszureden, er schmecke doch eigentlich ganz gut und man gebe immer viel zu viel auf Marken.

Hellmuth Karasek

Herausgeber (»Der Tagesspiegel«) und Schriftsteller (»Betrug«)

Vorauseilende Scham

In der Pubertät bin ich immer rot geworden. Das hatte folgende Ursache: Ich war auf einer gemeinsam erziehenden Schule, die von Mädchen und Jungs besucht wurde. In dieser Schule schickten sich die Schüler von Klasse zu Klasse immer Mitteilungen auf Zetteln zu. Das ging so: Es klopfte, die Tür ging auf, und ein Schüler einer anderen Klasse brachte einen Zettel.

Nun verehrte ich heimlich ein Mädchen aus einer anderen Klasse. Ich war vierzehn. Das Unglück wollte es, dass ausgerechnet dieses Mädchen es war, die bei einem der ersten Male einen solchen Zettel überbrachte. Ich saß wie vom Feuer übergossen da. Das bloße Klopfen an der Tür hat einen schrecklichen Mechanismus bei mir ausgelöst. Seither wurde ich jedes Mal rot, wenn es an der Tür klopfte. Ich bin sozusagen in vorauseilender Scham rot geworden. Das blieb auch für meine Gefühle eine halbe Ewigkeit so. Ich konnte dem erst dadurch ein Ende setzen, indem ich irgendwann die Flucht nach vorn angetreten habe. Immer wenn es klopfte, schubste ich meinen Nachbarn an und sagte: Gleich werde ich wieder rot.

Heute fallen mir dazu diese Worte von Karl Kraus ein: »Erröten? Herzklopfen? Schlechtes Gewissen? Das kommt davon, daß man nicht gesündigt hat.«

Walter Kempowski

Schriftsteller (»Tadellöser und Wolff«)

Handschlag

1943

war ich im Alter von zwölf Jahren mit meinem Vater zu Besuch auf einem Gut in Pommern. Wir aßen ausgiebig, und als wir gingen, reichte ich der Gutsherrin zum Abschied die Hand. Aber sie verweigerte mir ihre. Als Kind (und als Mann) wartet man nämlich, bis die Dame von sich aus die Hand reicht. Das war eine Erfahrung, die ich mein ganzes Leben nicht vergessen habe. Genau genommen hat mich diese demütigende Situation dermaßen eingeschüchtert, dass ich immer sehr zurückhaltend mit Händeschütteln geblieben bin.

Eigentlich war es von der Dame herzlos – sofern es überhaupt eine Dame gewesen ist -, sonst hätte sie meinen Fauxpas einfach übergehen müssen. Es standen ja auch noch allerhand würdige Menschen drumherum. Hinzu kam, dass mein Vater mich böse anschaute, und hinterher gab es dann – zu spät – den fälligen Anstandsunterricht.

Bei uns zu Hause war es üblich aufzustehen, wenn ein älterer Mensch den Raum betrat. So was ist heute absolut unüblich. Ich mache mir trotzdem heute immer noch den Spaß aufzustehen, wenn jemand in mein Zimmer tritt, egal ob er älter oder jünger ist.

Benimm-Dich-Bücher erfreuen sich ja heute größter Beliebtheit, wohl weil bürgerliche Traditionen durch die Kriegs- und Nachkriegszeit weitgehend verloren gegangen sind. Wenn man allerdings bedenkt, wie streng die Altvorderen waren, muss man sagen: Gottlob sind sie verloren gegangen.

Neulich ging ich mit einer Dame in Rostock spazieren. Wir trafen einen jungen Fotografen. Ich reichte ihm die Flosse – und was sagt der Kerl da: »Ladies first«. Da wurde ich so wütend, dass ich mich umgedreht habe und weggegangen bin. So kommt das alte Erlebnis mit der Gutsherrin dann wieder hoch.

Otto Kern

Modedesigner

Falscher Mario

Ich bin seit 25 Jahren mit dem Schauspieler Mario Adorf befreundet. Wir sehen uns oft, haben zusammen Silvester gefeiert – das nur zur Vorgeschichte.

Vor ein paar Jahren flog ich mit meiner Frau auf eine karibische Insel, wo Mario auch häufig ist. Wir haben oft Gäste in unserem Haus dort. Der Regisseur Roger Fritz sollte uns begleiten, das hat aber dann doch nicht geklappt. Wie es so geht, haben meine Frau und ich uns auf der Reise gestritten. Als wir ankamen, war die Stimmung mies. Wir waren allein im Haus und gingen uns aus dem Weg. Da klingelte das Telefon. Ich fragte, wer das sei, und der andere sagte: Mario. Ich habe mich so gefreut, dass ich ihn gar nicht habe ausreden lassen und ihn sofort zum Abendessen eingeladen habe. Er fragte noch so komisch, wo das denn sei, und ich sagte: Mario, du kennst doch unser Haus! Ich war einfach froh, den Abend nicht allein zu verbringen, und hängte auf.

Mario legt großen Wert auf gutes Essen. Ich gab mir Mühe. Es sollte sein Leibgericht geben: canard saignant und vorher foie gras. Ich habe mich richtig auf den Abend gefreut, weil ich wusste, wenn Mario da ist, steigt auch wieder die Stimmung.

Wir waren um acht verabredet. Als es klingelt und ich die Tür aufmache, steht da ein kleines Männchen, das ich noch nie gesehen habe. Ich frage ihn: »Was möchten Sie?« Er antwortet: »Ich bin Mario. Sie haben mich eingeladen.« Er war ein Freund von Roger Fritz, der ihm meine Nummer gegeben hatte. Er kam mit seiner Frau. Mir wurde ganz heiß, und ich sagte: »Ich habe eigentlich einen anderen Mario erwartet, aber kommen Sie doch rein.«

Wir aßen also zusammen zu Abend. Es stellte sich heraus, dass die Dame Vegetarierin war. Sie schimpfte die ganze Zeit über Fleischesser. Getrunken hat sie auch nicht. Ein Mädchen aus sehr wohlhabendem Hause, aber eingeschnappt. Er hingegen hat sich sehr bemüht. Inzwischen sind wir gute Freunde, und nicht zuletzt hing auch der Haussegen wieder gerade.

Andreas Kleinert

Filmemacher (»Wege in die Nacht«)

Unter Niveau

Ich muss gestehen, dass ich mich gelegentlich für andere schäme. Deshalb erzähle ich eine Geschichte, die mich zwar nicht selber betrifft, die aber eben richtig peinlich war.

Es war bei der Nominierungsfeier zum Bundesfilmpreis. Der

Kultusminister Naumann hielt eine wirklich witzige Rede. Es war überhaupt eine tolle Stimmung, fern der häufig so provinziellen Art. Der Abend hatte ein gutes Niveau. Die Atmosphäre war gelassen und entspannt. Ich habe Tränen gelacht, obwohl mir nicht zum Lachen zumute war: Ich war für »Wege in die Nacht« nominiert und dementsprechend aufgeregt.

Die Veranstalter konnten nicht genug kriegen und mussten Programm machen. Sie hatten Comedy-Stars eingeladen, die Witze unter Niveau machten, schlicht unter der Gürtellinie. Es war mir so peinlich, dass ich in meinem Stuhl versinken wollte. Komischerweise haben einige gelacht, was mich dann noch mehr geärgert hat. Das ist wie im Theater, wenn man Leute an Stellen lachen hört, die einfach nicht zum Lachen sind. Meine Frau hat zweimal »Aufhören!« gerufen, aber ich hätte mich gerne in Luft aufgelöst. Sie hat dann sogar angefangen zu klatschen, damit es ein Ende nimmt. Es half aber nichts. Und das war mir dann doppelt peinlich.

Heinz-Rudolf Kunze

Deutsch-Rocker

Öffentliche Beichte

Ich erzähle meine Geschichte, weil ich damit auch die Möglichkeit habe, öffentlich Beichte abzulegen und zu sagen, dass es mir furchtbar Leid tut: Vor einigen Jahren saß ich in einer Talkrunde im Fernsehen zusammen mit einer sehr bekannten, erfahrenen Schauspielerin, die offensichtlich einen schlechten Tag hatte. Sie war furchtbar nervös und erfüllte in ihrem Benehmen alle Klischees, die man über reifere Schauspielerinnen im Kopf haben kann: Aufgekratzt und hektisch unterbrach sie die anderen ständig, ließ niemanden richtig zu Wort kommen – offenbar ging es ihr nicht gut, was mir erst später richtig klar wurde. Jedenfalls fühlte ich mich von ihr behelligt und aus dem Konzept gebracht durch ihre ständigen Einwürfe. Am Ende stürmte ich wutentbrannt in die Garderobe, wo meine Managerin saß. Ich war völlig aufgebracht und schäumte sie an, was das für ein entsetzliches Wesen sei, furchtbar überhaupt und einfach nicht auszuhalten. Meine Managerin machte komische Grimassen, rollte mit den Augen, zeigte auf eine unscheinbare Gestalt hinter ihr und zischte mich durch zusammengebissene Zähne an: Da sitzt ihr Mann. Ihr Mann, auch ein bekannter Schauspieler, schaute mich fassungslos und im Grunde genommen auch wehrlos an, japste nach Luft und sagte so kleinlaut und zerknittert, dass ich ihn am liebsten in den Arm genommen hätte: »Sie sind eine Wurst.« Daraufhin stürmte er aus dem Raum und ich wollte im Boden versinken. Es war mir wahnsinnig peinlich, weil er insgeheim wusste, dass ich – in der Fernsehsituation – Recht hatte. Letztendlich war ich wahrscheinlich sehr ungerecht. Es tut mir furchtbar Leid.

Matthias Landwehr

Literaturagent

Die Wichtelapotheke

Ich

hatte als Erstklässler zu Weihnachten ein Buch geschenkt bekommen, es hieß »Die Wichtelapotheke«. Über dieses Geschenk habe ich mich mit kindlicher Zärtlichkeit gefreut, über seine Figuren, den Wichtelapotheker Hutzelputz und die Roggenmuhme. Nach den Weihnachtsferien wurden wir von unserer Lehrerin aufgefordert, unsere Lieblingsgeschenke mit in die Schule zu bringen. Alle kamen ebenso freudig wie erregt mit ihren Geschenken ins Klassenzimmer, mit fernbedienbaren Autos, sprechenden Puppen und solcherlei Dingen. Die Kinder scharten sich sofort um die attraktivsten Geschenke und fingen an, sie ehrfürchtig untereinander weiterzureichen. Für meine Wichtelapotheke interessierte sich natürlich niemand. Das wurde mir jäh und schmerzhaft klar und war auf eine Art und Weise peinlich für mich, die einherging mit dem Gefühl der Verlassenheit und Ausgeschlossenheit. Es war das frühe Erkennen des Alleinseins desjenigen, der nichts zu bieten hat. Als Erstes kam das Gefühl der Traurigkeit, dann der Scham und zuletzt der Peinlichkeit, als ich alleine dastand und alle sagten: Der mit seinem doofen Buch. Heute spüre ich oft sehr genau, wenn sich andere in einer ähnlich peinlichen Situation befinden. Dann denke ich, da hat jemand die Wichtelapotheke dabei, und ich bemühe mich, dass ihm das nicht peinlich sein muss. Es ist Mitgefühl aus eigener Erfahrung. Die Wichtelapotheke steht übrigens immer noch in meinem Bücherregal.

Florian Langenscheidt

Verleger

Porzellan

Ich

war früher ein paar Jahre Regisseur für zeitgenössisches Musiktheater. Wir waren unterwegs mit Stücken von John Cage, Phil Glass und Stockhausen. Einmal traten wir in Paris auf und wurden anschließend eingeladen. Wir gingen zu fünft in ein sehr elegantes, hochadliges Haus im sechzehnten Arrondissement. Wir kannten die Leute überhaupt nicht und hatten uns gefragt, warum wir da hingehen sollen und ob das nicht schrecklich steif werden würde.

Es gab einen riesigen Salon mit Gobelins und Louis XVI-Möbeln. Ich wusste nicht so recht, wo ich mich hinstellen sollte, und lehnte mich dann, um möglichst lässig zu wirken, an den Kamin. Auf dem Marmorsims dieses Hauptkamins standen eine extrem kostbare dreihundert Jahre alte Uhr und nicht minder kostbare chinesische Porzellanfiguren. Direkt daneben saßen zwei ältere Damen auf einem Sofa. Ich lehnte mich lockerlässig an den Sims, und in dem Moment fiel die gesamte Marmorplatte zu Boden. Eins der Teile traf auch noch eine der beiden Damen. Alles zerbrach in tausend Stücke. Ich wäre in dem Moment gerne vom Erdboden verschwunden. Es gab große Aufregung. Die Gastgeberin war wunderbar und sagte, es seien schließlich nur materielle Werte. Am nächsten Tag habe ich der Gastgeberin und der alten Dame Blumen und Bonbonnieren geschickt, aber eingeladen wurde ich nicht mehr.

Leonard Lansink

Schauspieler (»Ein starkes Team«)

Handschellen

Ich

bin als Jugendlicher beim Klauen von Turnschuhen erwischt worden. Das ist jetzt nicht besonders originell, aber es hat doch seine Bewandtnis damit. Ich bin aus dem Laden getürmt und der Verkäufer hinterher. Aber ich war schneller als er. Doch dann wurde eine richtige Hetzjagd daraus. Zwei Männer von der GSG9, die zufällig in der Nähe waren, hatten das mitbekommen und sind mir mit dem Wagen gefolgt. Mit quietschenden Reifen haben sie mich gestoppt und in Handschellen abgeführt. Das war für den kleinen Jugenddieb, der ich war, ziemlich peinlich.

Führerschein

Bei den Dreharbeiten zu »Leo und Charlotte« von Kaspar Heidelbach habe ich um ein Haar eine Katastrophe ausgelöst. Man muss wissen, ich habe keinen Führerschein. Als ich jung war, war ich zu arm, ihn zu machen und später mochte ich nicht mehr. Das wusste natürlich auch die Produktion. Aber als Schauspieler muss ich halt auch immer mal wieder am Steuer sitzen. Die Szene war eigentlich nicht schwierig. Ich musste nur an der Kamera vorbei. Die war auf dem Kran, weil man in der Einstellung alles sehen musste: wo wir herkamen und wo wir hinfuhren. Neben mir saß Klaus Behrendt, hinter mir Martina Gedeck. Und auf dem Kran saß das Kamerateam. Der Regisseur rief immerzu: Schneller, schneller! Na, und da ist es passiert. Der Kran stand bedenklich schief. Die Leute da oben waren angeschnallt und hingen gefährlich in der Luft. Es gab große Aufregung, weil dass so ziemlich das Schlimmste ist, was beim Drehen passieren kann. Gewöhnlich wird jede Szene mehrmals gedreht, bis alles genau stimmt. Diese Szene wurde nicht wiederholt.

John le Carré

Bestsellerautor von Spionageromanen (»Der Schneider von Panama«)

Der Präsident

Der italienische Präsident Cossiga hatte mich nach Rom eingeladen, zum Mittagessen im Palazzo Quirinale. Er bewunderte meine Bücher. Ich dachte mir also, einmal im Leben in den Quirinalepalast eingeladen zu werden, ist ein Anlass, der auch eine entsprechende Gegengabe erfordert. Also ließ ich eines meiner Bücher in schönstes Leder binden und schrieb als Widmung hinein: Für Federico Cossiga, presidente della repubblica italiana. Ich nahm es also mit und kam in Rom an, wo ich mit weißer Limousine und Motorradeskorte am Flughafen empfangen und in mein Hotel gebracht wurde.

Am nächsten Morgen brachte mich eine Polizeieskorte zum Quirinale, und ich ging diese wundervollen Stufen hinauf. Ich bemerkte einen Mann in Uniform, der da ganz allein stand, und ich ging in einen wunderschönen riesigen mittelalterlichen Speisesaal, vor dessen Fenstern sich die Hügel von Rom ausbreiten. Da kam ein sehr eleganter Mann die Stufen hinab und begrüßte mich überschwänglich: »Mr. le Carré, mein ganzes Leben habe ich mich auf diesen Augenblick gefreut. Bevor wir hinaufgehen«, sagte er, »würde ich Ihnen gerne die Pracht des Quirinale zeigen. Hier, in diesem kleinen Raum, haben wir Galileo Galilei gefangen gehalten und darauf gewartet, dass er seine Meinung ändert.«

Während wir so umhergingen, bemerkte ich eine Reihe von Leuten, die uns folgten und die ich für das Fußvolk hielt. Wir gingen um die Ecke, und die Leute waren verschwunden. Ich hatte das Buch in Händen und dachte mir, dies sei ein geeigneter Augenblick. Also sagte ich: »Ich habe Ihnen dieses Buch mitgebracht.« Und er öffnete es und sagte: »Sehr nett. Warum geben Sie es nicht dem Präsidenten?« Ich wäre beinahe gestorben. Ich wusste eben nicht, wie Cossiga aussieht. In Wirklichkeit war er ein eher hässlicher Mann mit Brille.

Benjamin Lebert

Bestsellerautor (»Crazy«)

Mädchen

In meinem Internatsroman »Crazy« kommen zwei Mädchen vor, die tatsächlich mit mir in einer Klasse waren. Die eine heißt in dem Buch Marlen, und ich bin total in sie verknallt. Die andere, Marie, lerne ich auf einer Fete kennen, und ich schreibe fast ausschließlich über ihren Busen und wie sexy sie ist. Wir sind fünfzehn oder sechzehn Jahre alt. Ich habe noch nicht mit einem Mädchen geschlafen. An einem Abend betrinke ich mich, mir wird schlecht, und ich gehe auf die Toilette. Marlen folgt mir und verführt mich. Danach muss ich mich übergeben.

Als das Buch herauskam, war ich nicht mehr auf dem Internat. Aber im darauf folgenden Sommer hat mich das Internat auf ein Fest eingeladen. Ich hatte furchtbare Angst, nach meinen doch ziemlich intimen Schilderungen in dem Buch und in dem Film, den Mädchen wieder zu begegnen.

Sie waren beide da. Wir wurden uns sogar von einem Lehrer vorgestellt. Ich bin in Grund und Boden versunken. Meine Ohren sind rot angelaufen. Ich wollte nur noch weg. Ich habe in meinem Buch ja praktisch nur von ihren Brüsten erzählt. Aber Marie, die im wirklichen Leben auch so heißt, war total super. Sie hat mich umarmt und gesagt »Jetzt bin ich berühmt«. Da bin ich nur noch röter geworden.

Caroline Link

Filmemacherin (»Nirgendwo in Afrika«)

Der Ausweis

Ich

habe früher auf dem Münchner Filmfest am Gäste-Akkreditierungsstand gearbeitet. Die Leute strömen da reihenweise zu dir, um ihre Ausweise abzuholen, und sagen normalerweise ihre Namen. Wenn du ihnen aber schon ungefähr hundertmal im

Leben vorgestellt worden bist, sagen sie ihren Namen natürlich nicht mehr, sondern nur: »Hallo, Caroline, meinen Ausweis bitte!« Es ist megapeinlich, dann noch mal nachzufragen: »Gerne, aber wie heißen Sie gleich wieder?«

Einmal kam ein supernetter Herr von einem bekannten Münchner Filmstudio, der mir schon während meiner Filmhochschulzeit in allen möglichen Situationen weitergeholfen hat und mit dem ich mich schon mehrere Male über Gott und die Welt unterhalten habe. Er wollte seinen Ausweis, erkundigte sich wieder nach meinem Befinden, und wir redeten und redeten, und ich überlegte dabei krampfhaft, wie der Mensch bloß hieß. Langsam wurde er ungeduldig, mir fiel der Name immer noch nicht ein, ich brachte es nicht übers Herz, ihn danach zu fragen, behauptete, das Telefon klingeln gehört zu haben, rannte ins Nebenzimmer, überlegte da schweißüberströmt weiter, aber der Name fiel mir einfach nicht ein. Ich fragte Kollegen, die konnten ihn aber von hinten nicht erkennen, ich wurde immer panischer, der gute Mann wartete kopfschüttelnd mindestens zehn Minuten auf mich, hinter ihm wurde die Schlange anderer wartender Gäste immer länger. Ich musste schließlich zurück zu ihm, und mit knallrotem Kopf sagte ich so etwas Dämliches wie: »Wie schreibt man Sie eigentlich?« Verwundert buchstabierte er seinen Namen, den man natürlich nur so und kaum anders hätte schreiben können, und zog dann endlich mit seinem Ausweis ab. Er muss mich für eine komplette Vollidiotin gehalten haben.

Klaus Löwitsch

Schauspieler (»Peter Strohm«)

Eiskalt

Meine
Geschichte ist etwas kompliziert, aber sie geht mir nach. Es war bei Dreharbeiten zu Peter Strohm. In einer Szene saß ich in einem kleinen Motorboot, das langsam mit Wasser voll lief. Es gingen ein paar Sachen schief, und plötzlich stellte sich das

Boot auf, und ich fiel ins Wasser. In voller Montur, mit Mantel, Schlips und Kragen und schweren Schuhen lag ich im eiskalten Wasser. Bei 4 bis 5 Grad wurde mir die Luft schnell knapp. Das Team schaute verdattert, und es dauerte eine Weile, bis ich aus dem Wasser gefischt wurde. Ich war von oben bis unten blau gefroren. Aber ich habe es sportlich genommen, mich behandeln lassen und bin am nächsten Tag wieder zum Dreh gekommen. Da hat man mir gesagt, dass die Szene wiederholt werden müsse, weil es einen Materialfehler gegeben habe. Daraufhin bin ich explodiert, habe einen Tobsuchtsanfall bekommen und gebrüllt wie ein Stier. Das Team hat mir das übel genommen und eine Entschuldigung verlangt – sonst würden sie nicht mehr mit mir arbeiten.

Die Welt stand auf dem Kopf. Schließlich wäre nicht das Team, sondern ich beinahe abgesoffen! Es gab nur zwei Möglichkeiten: aussteigen – das wäre das Ende der Serie gewesen – oder entschuldigen. Also habe ich die Zähne zusammengebissen. Ich formulierte eine Geschichte, in der das Wort »Entschuldigung« nicht ein einziges Mal vorkam. Das Team war sehr beeindruckt, es war vielleicht die größte schauspielerische Leistung meines Lebens. Aber es war auch eine Reaktion, die ich mir retrospektiv nicht verzeihen kann, weil sie meinem Selbstbild von Geradlinigkeit und Unbestechlichkeit nicht entspricht. Heute schmerzt mich das.

Ingolf Lück

Fernsehkomiker (»Die Wochenshow«)

Dickes Kind

Ich

war die ersten Jahre meines Lebens dick. Ich war ein dickes, rundes Kind, wog mit dreizehn Jahren und einem Meter vierzig ganze achtzig Kilo. Ich bin also als Dicker durchs Leben gegangen, was allerhand unerfreuliche Erfahrungen mit sich bringt, wie zum Beispiel keinen Handstand machen zu können und beim Fußball immer als Letzter in eine Mannschaft gewählt zu werden.

In unseren Schulfreizeiten wollte immer keiner mit mir ins Zimmer, und ich blieb meistens mit dem Kleinsten aus der Gruppe allein zurück. Daher kommt es wahrscheinlich, dass die meisten meiner Freunde heute entweder dick oder klein sind oder Brille tragen – denn die trug ich zudem auch noch. Aber dann kam die Wende.

Ich machte eine Diät, die bestand aus sechs Wochen Heidelbeerjoghurt. Heute könnte ich noch nicht mal mehr durch ein Heidelbeerfeld laufen. Es hat aber funktioniert. Ich habe innerhalb kurzer Zeit dreißig Kilo abgenommen. Plötzlich war ich dünn und wurde beim Fußball als Erster gewählt, was aber nichts brachte, denn Fußball konnte ich gar nicht spielen. Inzwischen habe ich auch das gelernt, weil ich streng auf mein Gewicht achte – ein später Triumph über kindliche Schwächen und Linderung kindlicher Pein. Das Peinliche liegt in diesem Fall nicht im Anekdotischen, sondern im Lebensgefühl. Womöglich habe ich mich zur Überwindung der Dauerpeinlichkeit in den Humor geflüchtet. Womit die These, dass hinter jedem Witzbold eine tragische Figur steckt, wieder einmal bestätigt wäre.

Andreas Lukoschik

Kulturmanager und früherer Fernsehmoderator (»Leo's«)

Centercourt

Eigentlich

habe ich Handys schon immer gehasst, weshalb ich mir über Jahre hinweg auch keins zugelegt hatte. Eines Tages ließ es sich jedoch nicht länger vermeiden. Am Tag nach dem Kauf lud mich ein Freund auf die Ehrentribüne zum ATP-Turnier in die

Olympiahalle ein. Es spielte Pete Sampras gegen Andrew McEnroe, den kleinen Bruder von John. An mein eingeschaltetes Handy dachte ich nicht.

Das Spiel war sehr spannend. McEnroe hatte Aufschlag und es herrschte »Einstand«. In diesem Moment klingelte mein Handy in die totale Stille hinein. Ich griff mit tomatengroßen Schweißperlen in die Tasche und hatte einen Blackout: Ich wusste einfach nicht mehr, wie man das Teufelsding ausschaltet. Ich wollte nur eins: das penetrante Klingeln zum Schweigen bringen. In meiner Verzweiflung stand ich auf, um mit der Klingelbüchse wenigstens den Centercourt zu verlassen. Aber das machte natürlich alles noch schlimmer. Denn durch mein Aufstehen fühlte sich Herr McEnroe erst recht gestört, nahm seinen Ball, den er schon im Begriff war zum Aufschlag hochzuwerfen, und schaute wütend zu mir. Da erhob sich ein Pfeifkonzert in der Olympiahalle. Die Pfiffe im Rücken, fand ich endlich eine Tür und verschwand, was McEnroe nicht davon abhalten konnte, mir seinen Ball noch hinterherzuschießen. Ich wäre am liebsten durch einen Herzinfarkt dahingerafft worden. Seitdem habe ich ein ausgesprochen gestörtes Verhältnis zum Thema »mobile Kommunikation«.

Michaela May

Schauspielerin (»Kir Royal«)

Aufgeklärt

Mit fünfzehn hatte ich einen Freund, der in einer Band spielte. Er war Schlagzeuger, und ich war bei den Auftritten oft dabei. Auf dem Weg zu den Konzerten wurde in dem VW-Bus unheimlich rumgeknutscht. Ich war noch nicht richtig aufgeklärt und glaubte nach meinem ersten Zungenkuss, ich sei schwanger. Das habe ich meinem Schlagzeuger dann auch gesagt: Du, ich glaub, ich bin schwanger. Der hat sich natürlich totgelacht und das dann auch rumerzählt und mich vor den anderen wahnsinnig ausgelacht. Das war mir schwer peinlich, zumal das auch so wilde Jungs waren und ich keinen Durchblick hatte.

Später habe ich meine Kinder dann rechtzeitig aufgeklärt.

Gerhard Meir

Starfriseur

Haarig

Ich war fünfzehn. Als Lehrling habe ich getan, was so üblich ist: Haare waschen und kämmen. Eines Tages sagte mein Chef, den ich sehr bewundert habe, zu mir: »Bürsten Sie die Dame durch, Gerhard.« Es dauerte ein bisschen, weil das Haar filzig war vom

Toupieren. Das machte man damals noch. Ich musste forsch zulangen, und auf einmal hatte ich ein ganzes Büschel Haare in der Hand. Ich dachte, ich hätte die Haare ausgerissen. Ich meinte sogar Blut zu sehen, ließ die Bürste fallen und lief schreiend aus dem Laden. Dann hab ich erst mal ein Bier getrunken.

Als ich mit hochrotem Gesicht wieder in den Laden zurückkam, haben sich alle totgelacht. Es war nur ein Haarteil. Die gibt es heute gottlob nicht mehr. Die Dame war zwar etwas geschockt. Aber mein Chef hat sich überhaupt nicht mehr eingekriegt vor Vergnügen. Manchmal muss ich heute noch beim Bürsten daran denken. Jedes Mal fährt mir ein Schauer den Rücken runter.

Hans Meiser

Talkshowmoderator (»Hans Meiser«)

Ausgelacht

In der Sendung »Gefragt« hatte ich einmal Helmut Kohl zu Gast. Eigentlich sollte der damalige Chefredakteur moderieren, aber er stand dann doch nicht zur Verfügung und ich bin eingesprungen. Im Studio waren Podeste aufgebaut, weil Kohl so ein Riese ist und der Chefredakteur fast drei Köpfe kleiner war. Ich brauchte diese Podeste nicht und ließ sie abbauen. Übrig blieben aber Verstrebungen auf dem Boden, die konnte man nicht entfernen. Ich war furchtbar aufgeregt, weil ich seit über einem Jahr nicht mehr im politischen Geschehen gewesen war, und bin natürlich über eine dieser Verstrebungen gestolpert. Es sah furchtbar albern aus. Ich habe mich gerade noch gefangen, bin aber knallrot geworden. Kohl hat gelacht. Alle haben gelacht.

Ohnmacht

Das Tragischste, was ich auf Sendung erlebt habe, passierte 1985. Ich moderierte mit einer Co-Moderatorin eine Nachrichtensendung bei RTL. Es war furchtbar heiß im Studio. Als die Kameras liefen, hat es rums gemacht, und sie ist vom Stuhl gefallen, regelrecht umgekippt und liegen geblieben. Ich habe auf die Uhr geschaut. Wir waren noch acht Minuten auf Sendung. Ich habe mir gedacht, entweder sie ist tot, dann kannst du sie liegen lassen, oder sie ist ohnmächtig, dann muss sich jemand anderes kümmern. Ich kann ja nicht hinter dem Moderatorentisch veschwinden und Mund zu Mund Beatmung machen, während wir auf Sendung sind, nur weil die ohnmächtig wird. Das ist wirklich wahr. Der Aufnahmeleiter hat sie an der Fessel gepackt und aus dem Bild gezogen. Draußen wurde sie dann vom Notarzt versorgt mit Sauerstoff und allem. Was hätte ich machen sollen? Hätte ich sagen sollen, entschuldigen Sie, liebe Zuschauer, aber meine Co-Moderatorin liegt ohnmächtig zu meinen Füßen? Was glauben Sie, was die »Bild am Sonntag« geschrieben hätte? Die Dame hat mir später vorgeworfen, ich hätte sie da liegen und im Zweifel sterben lassen. Ich habe gesagt: Na klar! Das Publikum geht vor. The show must go on. Da war sie ein bisschen säuerlich, aber es hat nur einen Tag gedauert, dann haben wir darüber gelacht.

Brigitte Mira

Schauspielerin (»Angst essen Seele auf«)

Das Schwänzchen

Ab einem gewissen Alter stellt man fest, dass alles nicht so heiß gegessen wird wie gekocht. Aber als ich jung war, vielleicht siebzehn oder achtzehn, ist mir einmal etwas schrecklich Peinliches passiert.

Ich hatte gerade als Ballettänzerin angefangen und spielte in einer Aufführung an der Kölner Oper einen Faun, einen von denen, die zum Leben erwachen. Ich war sehr aufwändig kostümiert, in weiße, braune, rote Tücher gehüllt. Unter diesem Kostüm trug ich ein hautenges hochgeschlossenes Trikot. Während ich auftrat, fing nun meine Perücke mit gewaltiger Lockenpracht zu rutschen an, und weil ich mir im Moment nicht anders zu helfen wusste, stopfte ich einen Teil davon oben in meinen Halsausschnitt rein, damit sie nicht weiterrutscht.

Während ich also weiterspielte – ich musste dabei ordentlich springen und hüpfen –, fing das Ding zwischen Kostüm und Trikot zu wandern an, immer weiter nach unten. Leider blieb das nicht unbemerkt. Das ganze Publikum schien nur noch Augen für den Weg der Perücke zu haben und brach in schallendes Gelächter aus, als sich das Teil unten an den Beinchen wieder zeigte – als ob mir ein Schwänzchen gewachsen sei.

Heute finde ich das eher lustig, aber damals war das Missgeschick für mich himmelbewegend. Das ist immerhin über siebzig Jahre her. Heute wäre so etwas nicht der Rede wert, es laufen ja eh alle nackert rum.

Cem Özdemir

Innenpolitischer Sprecher der Bundestagsfraktion Bündnis 90/Die Grünen

Der Handkuss

Vor einigen Jahren war ich eingeladen von der Wochenzeitschrift »Die Zeit« zum Geburtstag der Herausgeberin Marion Gräfin Dönhoff in der Redoute in Bonn. Die gesamte Ahnenreihe der »Die Zeit« stand da zum Empfang. Unglücklicherweise stand vor mir in der Reihe der Gratulanten der Leiter des Zentrums für Türkeistudien in Essen. Er ist ein Meister des Beglückwünschens, zog alle Register, sagte ausführlich, »Die Zeit« sei ein Juwel der Presselandschaft, wenn es sie nicht gäbe, müsste man sie erfinden, und vieles Charmantes mehr. Ich konnte dem einfach nichts mehr hinzufügen. Es blieb mir nichts anderes übrig, als kleinlaut zu sagen, man hätte ja schon hören können, wie wunderbar »Die Zeit« sei, ich schließe mich dem an. Zum Schluss sprach er über Gräfin Dönhoff. Er hielt eine Eloge auf ihr Schaffen. »Die Zeit« teile sein Leben in ein Vor- und ein Nachher. Wer sie nicht lese, sei Analphabet, und so weiter. Dann verneigte er sich und gab ihr einen Handkuss.

Ich fragte mich, was ich nun machen solle. Ich hatte in meinem Leben einer Dame noch keinen Handkuss gegeben. Was ich natürlich schon oft gemacht hatte, war, meiner Oma oder meiner Mutter die Hand zu küssen, wie man das als Kind in der Türkei an Feiertagen macht, oder wenn man Respektspersonen besucht. Allerdings ist das ein anderer Handkuss. Man küsst auf die Handoberfläche und die Lippen berühren dabei die Haut, und dann führt man die Hand zur Stirn. Das ist eine Ergebenheitsgeste. Dafür kriegt das Kind dann Süßigkeiten oder zwei Mark fünfzig. Während der Herr vor mir Gräfin Dönhoff einen Handkuss gab, drehte er mir den Rücken zu, sodass ich nicht sehen konnte, was genau er da machte. Ich wusste, wenn ich ihr jetzt keinen Handkuss gebe, denkt sie: Dieser arrogante kleine Schnösel ist auch türkischer Herkunft, scheint's aber nicht nötig zu haben. Wenn ich's aber mache und es falsch mache, ist es auch blöd. Ich gab mir einen Ruck und dachte: Stell dich nicht so blöd an. Wofür hat dich das Volk zum Volksvertreter gewählt? Du wirst doch wohl noch einen Handkuss hinkriegen.

Ich nahm also ihre Hand, hielt sie mit beiden Händen fest

umschlungen, und in dem Moment sind die Gene mit mir durchgegangen. Ich habe meine Oma vor mir gesehen und Gräfin Dönhoffs Hand geküßt, wie man in der Türkei die Hand küsst, gab ihr einen Schmatzer und führte ihre Hand zu meiner Stirn. Als ich die Hand an meiner Stirn hatte, dachte ich: Was machst du mit dieser Hand? Lass sofort diese Hand los! Was denkt sie, was du da machst? Was denken all die anderen? Und ich fragte mich, wie ich aus der Situation wieder rauskäme. Sollte ich ihr erklären, ich hätte sie mit meiner Oma verwechselt? Ich wagte einen kurzen Blick nach oben, sah, dass die Gräfin etwas irritiert schaute, nach dem Motto: Was macht der Türke als Nächstes? Vielleicht tritt er mir auf den Fuß? Weiß man's, was sie sonst noch für ungewöhnliches Brauchtum haben? Ich ließ ihre Hand sanft entgleiten und verabschiedete mich japanisch gebeugt, rückwärts gehend. Den restlichen Abend habe ich mit viel Sekt in einer Ecke verbracht.

Albert Ostermaier

Lyriker (»Autokino«) und Dramatiker (»Death Valley Junction«)

Kopfnuss

Eigentlich

wollte ich Rockstar werden, doch leider kam es anders, und statt neue Stahlsaiten auf meine E-Gitarre aufzuziehen, dresch ich heute auf die Tasten meines PCs ein und schreib Buchseiten voll. Manchmal liegt der größte Traum in einem einzigen kleinen Buchstaben begraben. Dabei begann es doch so viel versprechend. Ich war vierzehn und alle meine Gedankenläufe spielten sich allein in den Fingern ab. Bei einem Ferienjob im Sägewerk fielen genügend Späne, um mir die schönste Gitarre zu kaufen, die ich mir damals vorstellen konnte: eine weiße Flying V, eben die, die auch der Gitarrist der Scorpions mit seinen Riffs malträtierte. Nein, *ich* malträtierte sie eher. Zu einem Stimmgerät hatte es auch noch gereicht. Mein Freund hatte sich einen Fender-Verstärker mit zwei Eingängen gekauft. Ein erstes Konzert im Inninger Jugendheim war auch schon ausgemacht, und so stand dem unaufhaltsamen Aufstieg unserer Zwei-Mann-zwei-Gitarren-Band nichts mehr im Wege.

Wir übten den ganzen heißen Sommer lang und hofften, ins Rampenlicht aufzusteigen. Die Lieder waren komponiert – es waren, um ehrlich zu sein, gerade mal eine Hand voll –, die Texte im besten Schüler-I-love-you-Englisch zusammengereimt, und die ersten Barthaare schossen aus den Pausbacken. Damals war man noch nicht cool, sondern hard-and-heavy, deshalb musste mir meine Mutter noch schnell vor dem Konzert Totenköpfe und Klapperschlangen auf die zerfranzte Jeansjacke nähen. Die Cowboystiefel waren zwar eine Nummer zu groß, aber dafür aus Mexiko. Beim Soundcheck haben wir bis zur Unkenntlichkeit Bässe unter unsere Jünglingsstimmen gemischt und uns extra lange Kabel ausgeliehen für unsere einstudierte Bühnenshow: Gleichzeitig die Köpfe nach vorne schleudern, gestaffelt hintereinander stehen und zusammen ZZ-Top-mäßig vorwärtsrobben.

Alle Freunde kamen, selbst die Mädchen wurden von ihren Papis gebracht und standen in der ersten Reihe mit glühenden Augen, johlten nach den Soli. Wir waren in Ekstase, spielten zum dritten Mal »London Thieves«. Unser Repertoire hatten wir schon nach zwanzig Minuten durch, als mir die alles entscheidende, geniale Idee kam: jetzt die Beine wie beim Skifahren nach einer Schanze auseinanderreißen und ins Publikum springen.

Ich hätte es wissen sollen, schon auf der Piste landeten die Mädchen-beeindrucken-wollen-Sprünge nicht selten unsanft in einem plötzlichen Abgrund. Doch daran dachte ich natürlich nicht. Ich nahm meinen Mut zusammen und sprang. Der Raum war irre hoch, wie ich ihn von der Bühne aus sah. Nur leider, Künstlerpech, hatte ich nicht an den Deckenvorsprung gedacht direkt über mir, gegen den ich voll mit dem Hinterkopf krachte. Ich sank zusammen, war kurz weggetreten, die Mädels halfen mir auf, und ich stieg zurück auf die Bühne und spielte weiter. Es muss ziemlich cool und gefährlich ausgesehen haben, als das Blut, während ich sang, auf meine weiße Gitarre tropfte. Leider war ich meiner Zeit etwas voraus, und so hat das damals noch niemand als geilen Effekt verstanden, denn sie haben mich mitten im Song von der Bühne geholt und ins Krankenhaus zum Nähen gefahren.

So ist sie leider buchstäblich geplatzt, meine Karriere als Rockstar. Im Inninger Jugendheim konnte ich mich jedenfalls meine ganze Jugend über nicht mehr sehen lassen, das wäre zu peinlich gewesen. Endgültig eingestellt habe ich meine Musikerambitionen aber erst, als ich meiner damaligen Freundin ein Lied vorsang, das ich ihr zum Geburtstag komponiert hatte. Sie hat, während ich hinschmachtete, begonnen, von ihrer Torte zu essen. Das war dann wirklich zu viel für mich.

Georg M. Oswald

Schriftsteller (»Alles was zählt«)

Herr Fick

Bei einer eleganten Abendveranstaltung einer kulturellen Einrichtung wurde mir einer ihrer wichtigen Förderer vorgestellt. Ich war etwas angespannt, die festliche Kleidung der Gäste, der dezente Tonfall der Unterhaltungen, das allgemeine Bemühen, sich von seiner kultiviertesten und charmantesten Seite zu zeigen, trieb mir das Blut in den Kopf. Der Gastgeber fasste mich also sanft am Ellenbogen und begleitete mich zu einem Herrn, der wegen seiner Großzügigkeit hohes Ansehen genoss. Sein Name wurde mir erst genannt, als er mir die Hand schüttelte. Er hieß Herr Fick.

Ich wusste, dass es diesen Namen gab. Dennoch bemerkte ich, wie mir die Muskeln in den Backen das Gesicht auseinanderzogen. Ich versuchte, mit aller Kraft meine Mundwinkel zu lockern, doch irgendetwas in mir war stärker. Um die Fassung wiederzugewinnen, wollte ich schnell beginnen, Konversation zu machen, sozusagen als Gegengift. Doch als ich den Mund öffnete, schoss nur ein hysterisches Kichern heraus, sodass ich ihn sofort wieder schloss.

Herrn Fick war diese Reaktion auf die Nennung seines Namens wohl vertraut, denn er ignorierte sie auf eine Art, die Routine verriet. Anstatt es aber mit diesem Fauxpas gut sein zu lassen, konnte ich mich nun erst recht nicht mehr beruhigen. Es war der Gedanke an die so vollkommen deplatzierte Niveaulosigkeit meines Amüsements, der mich vollends zum Wiehern brachte. Überflüssig zu sagen, dass mein Verhalten betretenes Befremden hervorrief, das ich, wäre ich nicht gerade einem Lachkrampf erlegen, selbstverständlich geteilt hätte. Ich verließ die Veranstaltung ungebührlich bald nach dem Abendessen, das ich im Bewusstsein der allgemeinen Ächtung noch hinuntergewürgt hatte.

Christina Paulhofer

Theaterregisseurin

Nikolaus

Es war in Bukarest. Ich war vier oder fünf Jahre alt. Zu Besuch bei einem Spielkameraden, entdeckte ich zwei Batterien, die mir gut gefielen, weil sie glänzten und so schön über den Boden rollten. Am Ende habe ich sie eingesteckt. Ich wusste, das durfte ich nicht, aber ich musste sie haben. Zu Hause wurde ich gefragt, wo ich die herhabe, musste alles gestehen und die Batterien wieder zurückgeben. Doch das war nur der erste Teil der Peinlichkeit.

Zwei Monate später war Weihnachten. Ich ging mit meiner Familie zur Weihnachtsfeier ins Staatstheater, wo mein Vater Schauspieler war. Wir Kinder waren alle fein rausgeputzt und gingen einzeln den langen Weg zur Bühne hinauf, um vom Weihnachtsmann ein Geschenk zu bekommen. Ich war sehr, sehr aufgeregt. Zitternd ging ich auf den Weihnachtsmann zu, der mich fragte, ob ich brav gewesen sei, und ich sagte: Ja, ja. Und was ist mit den zwei Batterien, wollte er wissen? Ich wurde käseweiß, ließ mich fallen und stellte mich tot. Mein Vater, der sich seinerseits totlachte, musste mich von der Bühne tragen. Ich habe noch einen ganzen Tag lang tot gespielt. Alle rannten um mich rum, weil sie anfingen, sich Sorgen um mich zu machen. Ich war vor Peinlichkeit gestorben. Und meine Großmutter schrie meine Eltern an, was mir natürlich großen Spaß machte.

Das Problem ging aber noch weiter. Ich lag in meiner Starre und überlegte krampfhaft, wie ich aus der Situation je mit Anstand wieder rauskommen könne. Das war die dritte Peinlichkeit. Meine Familie hat mir beigebracht, dass man sich nur über dramatisches Verhalten retten kann, aber nicht, wie man da wieder rauskommt. Darum hasse ich öffentliche Auftritte bis heute.

Minh-Khai Phan-Thi

Moderatorin und Schauspielerin (»Sonnenallee«)

Der Bildschirm

Als ich noch bei Kabel 1 unter Vertrag war, aber schon bei Viva anfing, arbeitete ich in einer Übergangszeit für beide Sender. Man muss wissen, dass ich eigentlich zurückhaltend bin. Ich habe nicht jedem gleich erzählt, dass ich Moderatorin war, im

Gegenteil. Früher habe ich den totalen Heckmeck daraus gemacht und oft gesagt, ich sei Studentin, wenn ich gefragt wurde, was ich denn so mache.

Eines Tages habe ich beim Finanzamt angerufen. Der Herr am Telefon war ein ganz Netter. Ich hatte eine Frage, aber er wollte erst einmal meinen Namen wissen. Ich habe also Minh-Khai Phan-Thi buchstabiert, und er tippte das ein. Dann sagte er: »Ach ja! Ich habe Sie gerade auf meinem Schirm!« Und ich: »Ach, wo denn? Bei Viva oder Kabel 1?« Er ganz trocken: »Auf meinem Computerschirm natürlich.« Ich bin gestorben.

Rosa von Praunheim

Filmemacher (»Die Bettwurst«)

Kriegsschauplatz

1971

habe ich mit der Kamerafrau Elfi Mikesch und dem Darsteller Fritz Mikesch in den USA und in Asien das Kleine Fernsehspiel »Leidenschaften« gedreht. Es war damals Krieg zwischen Pakistan und Indien, und in Bombay erlebten wir tatsächlich unseren ersten Bombenangriff. In Kalkutta drehten wir dann in einem Stadtteil, den wir nicht gut kannten. Wir hatten gehört, dass die Menschen dort sehr amerikafeindlich seien. Amerikanische Journalisten waren wohl auch umgebracht worden. Plötzlich wurde uns »Spy, spy!« nachgerufen: Spione, Spione. Man hat uns gegen ein Haus gedrängt und Steine geworfen. Das war insofern peinlich, als die Reaktion von uns dreien sehr unterschiedlich war. Die Kamerafrau war ernst, gefasst und diszipliniert. Der Hauptdarsteller ging auf die Knie und brach in Tränen aus. Und ich musste fürchterlich lachen. Mir wurde plötzlich bewusst, dass die Situation als Filmszene recht komisch und sehr dramatisch zugleich ausgesehen hätte. Ich vergaß sozusagen über der Dramaturgie des Films mein eigenes Schicksal.

Wie es weiterging, möchte ich nicht verraten. Kann durchaus sein, dass ich tot bin und in Wirklichkeit ein Doppelgänger für mich weiterlebt.

Dominic Raacke

Schauspieler und »Tatort«-Kommissar

Duschen

Mit sieben Jahren haben mich meine Eltern nach Westerland auf Sylt geschickt, damit ich meinen asthmatischen Heuschnupfen an der Seeluft kuriere. Ich wohnte mit anderen Kindern und Leidensgenossen in einem Schwesternheim. Das war Mitte der sechziger Jahre, und es ging alles relativ streng zu. Ich schlief mit fünf Jungs in einem Zimmer. Tagsüber wurden wir wie die Schafe in einen abgezäunten Bereich in die Dünen getrieben und durften spielen. Es gab feste Rituale beim Essen und beim Waschen. Die Duschräume waren groß und offen und bis zur Decke türkis gekachelt. Wir durften uns nicht selber waschen, sondern wurden hingestellt, abgeduscht und von zupackenden Schwestern in Weiß von oben bis unten mit Kernseife eingeseift.

Einmal wurde die Schwester, die gerade angefangen hatte, mich zu waschen, zum Telefon gerufen. Sie verschwand, und ich stand da und wartete. Sie kam nicht wieder. Die anderen Kinder hatten nach und nach die Duschräume verlassen. Ich wartete letztendlich allein darauf, dass meine Schwester zurückkam, um mich abzuduschen. Die Seife fing an, auf meiner Haut zu trocknen. Aber ich traute mich nicht, mich zu rühren. Ich hätte die ganze Nacht so dagestanden. Beim Abendessen muss dann mein Fehlen bemerkt worden sein. Denn schließlich, schätzungsweise eine drei viertel Stunde später – für mich eine Ewigkeit – kam jemand, rubbelte mich unsanft ab und holte mich da raus. Sonst hätte ich vermutlich noch Tage so dagestanden – bis meine Eltern mich wieder abgeholt hätten. Entschuldigt hat sich keiner bei mir – auch die Schwester, die mich vergessen hatte, hat darüber nicht ein Wort verloren.

Jim Rakete

Fotograf

Klick

Ich

war jung und fotografierte den Jazzpianisten Oscar Peterson bei einem Konzert in New York. Meine alte Kamera wickelte ich in ein Tuch, um das Verschlussgeräusch zu dämpfen, und doch kam es mir vor, als würden teuer zahlende Zuschauer sich verärgert nach mir umdrehen. Oscar Peterson thronte auf dem New Yorker Telefonbuch, das auf seinem Klavierschemel ruhte, und spielte so wunderschön mit seinem Trio – klick! Ich verfluchte meine alte Kamera. Eine unbremsbare Kette von Einzelgeräuschen war das: Der Umlenkspiegel klappte hoch, die Verschlussvorhänge vor der Filmebene rasten quer durch das Gerät, und alle feinmechanischen Ereignisse bündelten sich in einem albernen Klick, der in der sorgsam erdachten Akustik des Konzertsaals die Wucht eines Verkehrsunfalls entwickelte. Bei den vielen Rockkonzerten, die ich fotografiert hatte, war mir das nie aufgefallen. Aber ich schickte ein Stoßgebet in den Himmel, dass der Meister es nicht wahrnehmen würde, gab mich der Hoffnung hin, es könnte eine andere Welt des Zuhörens geben, in der das banale Geräusch der Kiste keinen Zutritt hätte. Da hielt er unvermittelt inne, wandte sich zu mir, und sagte: »You wanna take my picture? Come here.« Ich wäre in diesem Moment gerne vieles gewesen: in die Erde versunken, zum Beispiel, oder unsichtbar. So aber stand ich vor dem wirklichen Oscar Peterson, der sein schwarz gekleidetes Trio zu einem ironischen Gruppenbild formierte: »Here you are. Take your picture.« Klick. »Thank you«, sagte er.

Männer sollten wissen, wann sie gehen müssen. Ich schulterte meine Kameratasche unter dem Getose des begeisterten Publikums, um mich mit roten Ohren aus dem Saal zu schleichen. Die Nacht draußen sollte mich verschlucken, und eine leise, kleine Leica würde ich mir kaufen. Das war der Tiefpunkt, ganz gewiss.

Franziska Reichenbacher

Journalistin und frühere Lottofee

Mick Jagger

Ich erinnere mich an eine Klassenfahrt nach Paris. Es war der Französisch-Leistungskurs, alles Mädchen um die siebzehn, die meisten stockspießig, aber ein paar gut drauf und dementsprechend abenteuerlustig. Paris! Das war die ganz große weite

Welt. Hier schien alles möglich. Paris war die Stadt der Träume – und ich hatte ziemlich viele in dieser Zeit. Warum also zum Beispiel nicht Mick Jagger besuchen?

Catharina und Özi legten die Fährte: »Der ist gerade hier, wir haben seine Telefonnummer«, und steckten mir verschwörerisch einen kleinen Zettel zu. Natürlich sollte ICH ihn anrufen. Wie blöd muss man sein, um zu glauben, dass Catharina und Özi die private Telefonnummer von Mick Jagger in der Tasche haben? Aber wir waren schließlich in Paris.

Wir gingen also in ein Café, um zu telefonieren. Alle Mädels standen drumherum und dachten, Fränzi ruft jetzt Mick Jagger an, was sonst? Ich kratzte meine spärlichen Englisch- und Französischkenntnisse zusammen und war wild entschlossen, mich nicht von Sekretärinnen, Bodyguards und Groupies abwimmeln zu lassen. Meine Finger zitterten, als ich die Nummer wählte. Es klingelte. Ich vernahm ein sehr deutsches »Hallo« am anderen Ende. Wieso wird in seinem Loft, seiner Suite, seinem Schloss deutsch gesprochen? Ich fasste mir ein Herz: »Ja, hallo, hier ist die Fränzi. Ich wollte fragen, ob Mick Jagger da ist?« Prusten und schallendes Gelächter hinter mir. Catharina und Özi kringelten sich vor Vergnügen. Alles grölte. Ich lief rot an, knallrot.

Dass ich angerufen habe, war mir nicht peinlich. Das hätte ich in jedem Fall gemacht. Peinlich war mir, dass ich mich hatte vorführen lassen mit meinen Jungmädchenträumen und dafür ausgelacht wurde. Schließlich waren wir doch in Paris …

Horst-Eberhard Richter

Psychoanalytiker und Leiter des Sigmund-Freud-Instituts

Hoffnungslos

Ich erzähle eine Geschichte vor tragischem Hintergrund: Mit 22 Jahren kam ich 1946 aus Kriegsgefangenschaft ahnungslos nach Berlin zurück und erfuhr, dass meine Eltern im Juni 1945 bei einem Spaziergang auf dem Land, wohin sie evakuiert waren, von betrunkenen Russen angefallen und erstochen worden waren. Mein Vater war schon über 70. Unsere Wohnung war nur noch eine Ruine. Ich hatte in fünf Minuten erfahren, dass alles verloren war, worauf ich mich vier Jahre lang gefreut hatte, in Frieden nach Hause zu kommen und meine Familie wieder zu finden. Daraufhin wurde ich krank und kam mit einer Lungenentzündung ins Krankenhaus.

Als sie abklang, wollte ich mich nicht wieder aufraffen. Ich hatte das Gefühl, nicht weiterzukönnen. Ich sagte dem behandelnden Arzt, ich könne nicht mehr gehen. Da holte er mich aus dem Bett. Probieren Sie es doch mal, sagte er. Ich wankte, halb simulierend, durch den Gang. Das war einer der peinlichsten Augenblicke meines Lebens, als ich merkte, dass die Ärzte mich durchschauten. Das habe ich an ihren Gesichtern gesehen. Aber sie haben nachsichtig reagiert und mich nicht blamiert. Vielleicht haben sie mich verstanden.

Georg Ringswandl

Arzt und Alleinunterhalter

Hundedreck

Vor etwa zehn Jahren bin ich mit meinen Kindern an einem Sommernachmittag in Garmisch spazieren gegangen. Unser Hund war auch dabei, ein schwarzer, zotteliger, gutmütiger, blöder, haarender Mischling. Wir haben ein Eis gegessen. Da scheißt der Hund direkt auf das Pflaster vor der neuen Bogner-Filiale, und zwar flüssig. Ich habe versucht so zu tun, als gehöre der Hund nicht zu uns.

Vor der Filiale, die gerade von der Garmischer Society eröffnet wurde, standen ein paar reiche, alte Schrapnellen. Die haben meine Kinder gleich gefragt, ob das unser Hund sei. Die Kinder haben mich natürlich verraten, weil Kinder immer ehrlich sind. Diese Weiber haben mich zur Rede gestellt und wollten, dass ich das wegmache. Ich wusste nicht, wie das gehen sollte, weil der Brei in die Pflasterritzen gelaufen war. Die Alten standen zeternd im Kreis um mich und den Hundedreck herum. Da habe ich gesagt, wir essen jetzt erst einmal unser Eis. Ich musste Zeit gewinnen, um mir zu überlegen, wie ich das wegmache. Die haben mich schwer beobachtet und bedrängt. In meiner Not bin ich um die Ecke gegangen. Da war eine Baustelle auf der ein Pappkarton rumlag. Ich wollte ein Pappstück rausreißen, um den Brei damit wegzuschaufeln und die Pflasterkanten säubern zu können. Als ich ums Eck ging, kam mir tatsächlich eine hinterher, damit ich nicht weglaufe. Ich ging zurück und habe am Boden kniend das Pflaster gesäubert, während die Damen hochmütig um mich herumstanden und mich giftig betrachteten.

Dass ich vor diesen Weibern, die ich in ihrer wohlhabenden, blöden Starrheit verachte, knien musste, war schlimm. Das Allerblödeste war aber, dass ich das auch gemacht habe. Da hat mich meine wohlerzogene Kindheit eingeholt. Eigentlich hätte ich sagen müssen: Packt euch das Zeug sonstwohin. Als ich fertig war, haben sie immer noch geschimpft, weil ein brauner Fleck geblieben ist. Aber erkannt hat mich wenigstens niemand.

Nina Ruge

Journalistin und Moderatorin (»V.J.P.«)

Freier Blick

Ich
muss oft sehr früh morgens aus München zu Interview-Terminen für »Leute heute« fliegen, um nachmittags pünktlich zu meiner Sendung zurückzusein. Einmal stieg ich reichlich unausgeschlafen in den ersten Flieger nach London, der bis auf

den letzten Platz ausgebucht war. Um diese Uhrzeit sitzen da fast nur Nadelstreifenherren. Ich hab mich schon gewundert, warum die mich alle so anstarren. Schauen tun sie immer, denn es gibt wenig Frauen auf diesen Flügen. Aber an dem Tag war es etwas anderes. Ich setzte mich, stand wieder auf, um mein Handgepäck zu verstauen, setzte mich wieder, und alle glotzten. Hm, dachte ich, ich sehe nicht gerade frisch aus, aber ist das ein Grund, so zu gucken? Erst nachdem ich ausgestiegen war, merkte ich, dass die Herren einen freien Blick auf meine Rückseite samt Unterwäsche hatten. In der Halbfünf-Uhr-Früh-Hektik hatte ich den Reißverschluss meines Kostüms nicht zugemacht. Man sah praktisch alles. Und kein Schwein hat mir etwas gesagt.

Gunter Sachs

Playboy, Fotograf und Unternehmer

Fritz Lang

Fritz Langs »M – Eine Stadt sucht einen Mörder«, Orson Welles' »Citizen Kane« und Eisensteins »Panzerkreuzer Potemkin« standen lange – und immer wieder – für die besten Filme der Geschichte. Drei Filme – drei Genies.

Mitte der sechziger Jahre hatte ich das Drehbuch zu einem expressionistischen Avantgarde-Film geschrieben. Ich war überzeugt, nur Fritz Lang, dessen Arbeiten ich ein Leben lang bewunderte, könne mein Werk und mich verstehen – und mir raten. Mein Freund Billy Wilder machte den Kontakt, und ich schickte das Manuskript nach Hollywood. Wenig später verabredeten wir uns tatsächlich – im Frankfurter Hilton. Im damaligen St. Tropez-Look gekleidet traf ich in der Halle auf zwei sehr konservativ wirkende Herren. Etwas verwirrt begrüßte ich den großen Alten Fritz, der mich durch ein Monokel und eine Augenklappe (!) streng musterte. Er stellte mir seinen nicht minder beeindruckenden Freund vor, den Philosophen Theodor Adorno. Der Zug unserer Konversation kam gut ins Rollen, wir tranken und lachten.

Adorno musste alsbald gehen, und der Meister verabredete sich mit mir und meinem Freund, der Notizen machen sollte, zum Nachtessen.

Am Tisch hagelte es zwei kommareiche Sätze harscher Kritik an meinem Film – weitestgehend zu Recht. Dann schneite es zweieinhalb Stunden Monolog. Nach der Suppe saß unvermittelt der Serienmörder Beckert – oder war es der Geist von Peter Lorre – auf unserer Eckbank, wenig später lief ein Tiger übers verschneite Parkett, und schließlich zerbrach Futura beim Dessert das Monokel aus Eschnapur ... Die Nacht kam wie eine erlösende Fee.

Beim Mittagessen am nächsten Tag fingen wir dort an, wo wir auch gestern angefangen hatten. Nur die kritischen Sätze blieben diesmal aus. Als der müde Tod hartnäckig am Tisch verweilte und jedes der 1000 Augen des Dr. Mabuse einzeln Gestalt annahm, schob ich dem Ober diskret eine Notiz zu, er solle mich bitte ans Telefon rufen.

Außer Atem kam ich an den Tisch zurück und verkündete, wir müssten sofort nach dem Essen nach München. Ich hätte schon Plätze für den Flug buchen lassen. Der Alte Fritz schaute, wie der Alte Fritz in Potsdam geschaut haben mag, wenn er unstimmig war.

Mein Freund und ich hatten im Hotel noch eine Besprechung, blieben dazu aber tunlichst auf dem Zimmer. Unser Plan war, die Hotelhalle bei der Abreise um sieben Uhr diskret zu überprüfen und sie dann schnell in geduckter Haltung zu verlassen.

Wir checkten den Gang, glitten in den Lift, und abwärts ging's. Nicht in der Lobby – nein – im ersten Stock hielt der verdammte Aufzug. Die Tür teilte sich – und ein Monokel und eine Augenklappe durchbohrten uns. Die restlichen 998 Augen erstarrten vor Peinlichkeit.

Den Alten Fritz verehre ich bis heute – mit allerhöchstem Respekt.

Marianne Sägebrecht

Schauspielerin (»Out of Rosenheim«)

Der Fleck

Es gibt scheinbar keine Tabus mehr. Alles wird vorgeführt. Ich wollte mir schon einen Kalender machen über die zärtlichen kleinen Tabus der Menschen. Dann ist mir tatsächlich selber eins begegnet.

Es war vor einigen Jahren in der Normandie. Wir haben im Palace-Hotel in Deauville »Die Frau nach Maß« gedreht. Es ist ein unglaublich schönes Hotel mit Möbeln aus dem 17. Jahrhundert, mit schönsten Suiten, die nach berühmten Schauspielerinnen benannt sind: Bette Davis, Elizabeth Taylor ... Alle sind sie da gewesen.

Eines Tages hatte ich in einem dieser Räume eine Besprechung mit einer Produktionsleiterin. Der Dreh war problematisch, und ich war seelisch sehr aufgeregt. Erschwerend kam hinzu, dass ich meine »Tage« hatte, wie es so schön heißt. Wir saßen also auf diesen kostbaren, historischen Stühlen. Als ich wieder aufstand, hinterließ ich einen großen Fleck. Für eine Frau ist das, glaube ich, das Schlimmste, ihre größte Angst. Es ist einfach ein Tabu.

Ich sah also diesen Fleck und setzte mich sofort wieder hin. Da sagte die Produktionsleiterin mit generalstabsmäßiger Stimme zu mir: Steh auf und geh raus. Du sagst nichts. Das Personal hier ist geschult und kümmert sich. Die sind versichert. Ich bin wie eine Marionette aufgestanden und gesenkten Hauptes aus dem Raum gegangen, was eigentlich nicht meine Art ist.

Am nächsten Morgen wollte ich aber doch nicht einfach so tun, als ob nichts gewesen wäre. Mit zittrigen Knien, bin ich zum Frühstück gekommen, aber keiner hat was gesagt. Später habe ich mit dem Produktionsteam noch sehr darüber gelacht. Wir haben uns vorgestellt, dass das Hotel schon ein Museum haben muss mit all den blutbefleckten Stühlen von all den berühmten Frauen, die da einst gewohnt haben.

Christiane zu Salm-Salm

Geschäftsführerin des Fernsehsenders »9 live«

Sekretärin

Zu Beginn meiner MTV-Zeit konnte ich Geschäftspartner gehörig in Verlegenheit bringen. Sie kamen zu mir ins Büro, sagten, sie hätten einen Termin mit Frau zu Salm, ob ich schon einmal einen Kaffee machen könne. Ich machte mir jedes Mal einen

Jux daraus, darauf einzugehen und das Büro zu verlassen, um erst nach einiger Zeit mit dem Kaffee zurückzukehren und mich zu erkennen zu geben. Es gab versteinerte Gesichter, verlegenes Hüsteln, Herumnesteln an der Krawatte und gesenkte Blicke – was ich natürlich sehr genoss. Ich kann nicht leugnen, dass ich aus dieser netten kleinen Einleitung einige Male Kapital geschlagen habe, weil meine Verhandlungsposition danach deutlich gestärkt war.

Aber folgende Geschichte war nicht anderen, sondern mir selber peinlich: Ich ging mit dreizehn Jahren zur Konfirmation, bekam dafür ein nagelneues Kostüm von Peek&Cloppenburg und schwarze Lackschuhe. Ich war in einem Alter, in dem einem eh so ziemlich alles peinlich ist, so litt ich beispielsweise darunter, sehr groß für mein Alter zu sein, und hielt mich deshalb dauernd krumm. Als wir Konfirmanden zum Altar vortraten und kniend unsere Plätze einnahmen, während der Pfarrer zum Segen seine Hände über uns ausbreitete, brach in der Reihe hinter mir schallendes Gelächter aus, das erst verstummte, nachdem wir uns wieder gesetzt hatten. Ich drehte mich zu meinem Nachbar und fragte, ob er wisse, was so lustig sei, und er antwortete, auf meinen Schuhsohlen klebe noch das Preisschild: 49,90 DM. Zum Glück wächst mit zunehmendem Alter auch das Selbstbewusstsein.

Marianne Fürstin zu Sayn-Wittgenstein-Sayn

Society-Fotografin

Der Reifrock

Im Oktober 1961 haben mein Mann und ich im Château Lafite in Frankreich Baron und Baronin Elie Rothschild besucht. Es waren auch viele Freunde da, wie die Carcanos und die Metternichs – ein ganz wunderbares Wochenende, alles furchtbar elegant. Einen Abend sind wir mit den Autos rübergefahren auf das große Weingut Château Mouton des Vetters Baron Philipp Rothschild. Es war prachtvoll. Die Auffahrt zum Schloss war mit Fackeln gesäumt. Wir hatten fantastische Abendkleider an. Meines hatte einen Unterrock aus steifen Ringen, damit der Rock wie bei einer Teepuppe von der engen Taille aus weit fällt. Ich fand mich wunderschön. Mein Mann und ich gingen auf das Schloss zu, und auf einmal reißt der Knopf an meinem Reifrock, und das ganze Drahtgestell fällt wie eine Rosette an mir herunter. Mein Mann war außer sich, so sehr, dass er mich verleugnete. Er ging einfach weiter geradeaus. Ich bückte mich, hob den riesigen Unterrock auf und drückte ihn dem erstbesten, entsetzten Diener in die Hand. Das Kleid war nicht mehr dasselbe, es hing traurig an mir herunter. Mein Mann ist sehr humorvoll, aber dass ich vor diesem fantastischen Schloss aus meinem Unterrock steige, dass war ihm zu viel. Es wurde dennoch ein herrlicher Abend, und das Ganze war mir offen gesprochen nicht annähernd so peinlich wie meinem Mann. Ich predige meinen Kindern: Seid nicht so äußerlich! Wenn ihr Menschen trefft, schaut ihnen in die Augen, sie wollen euch und nicht eure Kleider begrüßen. Natürlich muss man sich bemühen, hübsch auszusehen, aber die Hauptsache darf es nicht sein, wesentlich sind doch Ausstrahlung und Charakter. Jedenfalls haben wir, als wir nach Hause gingen, den vermaledeiten Unterrock wieder mitgenommen.

Frank Schirrmacher

Herausgeber der FAZ

Crème flambée

Ich

war 1989 gerade in das Literaturressort der FAZ eingetreten, da gab es ein Arbeitstreffen mit meinen damaligen literarischen Göttern Pierre Bourdieu und Jacques Derrida in Paris. Außerdem waren dort der Chef des Times Literary Supplement, der

Chefredakteur von Le Monde, überhaupt eine ganze Reihe einschüchternder Geistesgrößen. Man traf sich am Vormittag und aß anschließend gemeinsam zu Mittag in einem düsteren Hinterzimmer eines Restaurants. Ich war schüchtern, sprach schlecht Französisch, saß am äußersten Rand, und war froh, nicht wahrgenommen zu werden.

Beim Essen merkte ich, dass ich einen Fehler gemacht hatte, weil alle ganz schnelle, kleine Sachen serviert bekamen. Offensichtlich gab es eine Verabredung, sich zu beeilen, die ich nicht mitbekommen hatte. Ich hatte mir aber ein mehrgängiges Mittagessen bestellt. Das war unangenehm, weil Seitenblicke auf mich geworfen wurden. Ich glaube der Chef der TLS schaute sogar immer mal wieder auf seine Armbanduhr.

Zu meinem Menu gehörte auch ein Dessert. Alle anderen tranken nur einen schnellen Kaffee. Keine Ahnung, was da auf der Speisekarte gestanden hatte, aber wenn ich gekonnt hätte, hätte ich es gerne unauffällig abbestellt. Denn inzwischen brach Unruhe aus, weil alle so schnell wie möglich wieder an die Arbeit wollten. Einige hatten bereits ihre Mäntel an, da ging plötzlich das Licht aus. Drei Ober kamen herein, zwischen ihnen ein hell lodernder flambierter Nachtisch. Sie stellten den Teller vor mich hin. Ich leuchtete im Mittelpunkt des Interesses. Zwanzig der berühmtesten Historiker, Philosophen und Geisteswissenschaftler Europas blickten voller Verachtung auf mich. Als die Flamme aus und das Licht wieder anging, machte Bourdieu die höhnische Bemerkung: »So etwas gibt es wohl nicht, wo Sie herkommen?« Ich antwortete, ich wolle nur mal probieren, aß zwei Löffel und sagte: »Fini, fini.« Die waren aber Sadisten – so sind sie ja – und sagten: »Non, non« – wenn ich es schon bestellt hätte, solle ich es auch essen. Seither bestelle ich nichts mehr, was lodert und brennt.

Hans-Christian Schmid

Filmemacher (»23«)

Teigtaschen

Es geschah vor vielen Jahren in einem italienischen Lokal. Der Wirt war mein Freund. Es war ihm wahnsinnig wichtig, dass ich fünf seiner besonders guten Teigtaschen esse. Ich hatte aber überhaupt keinen Hunger. Was sollte ich tun? Ablehnen ging nicht. Ich wickelte unauffällig zwei Teigtaschen in eine Serviette und steckte sie in meine Hemdtasche, eine aß ich, zwei blieben übrig. Der Wirt fragte, ob es mir nicht geschmeckt habe? In dem Moment merkte ich, wie die Teigtaschen langsam durch mein Hemd sickerten. Um sie loszuwerden, ging ich auf die Toilette. Ich wollte sie runterspülen, aber sie verschwanden einfach nicht. Es blieb mir nichts anderes übrig, als sie wieder herauszufischen. Es war absurd. Schließlich habe ich sie aus dem Fenster geworfen, was besonders peinlich war, weil sie auch noch praktisch vor den Füßen des Kochs in der Küche gegenüber landeten.

Julian Schnabel

Amerikanischer Maler und Filmemacher (»Basquiat«)

Nerz

Ich

habe einmal erlebt, dass eine Situation, die mir peinlich war, für jemand anderen nur peinlich wurde, weil er mein Unbehagen erkannte. Es war der Abend einer meiner Vernissagen: Da sind immer auch eine Menge Leute, die fast kein Geld haben:

Künstler, Freunde, Freaks. Und mittendrin tauchte meine Mutter in einem Nerzmantel auf. Ich fand es ziemlich unpassend, in diesem Rahmen den eigenen Reichtum auszustellen und den Leuten das so unter die Nase zu reiben. Noch peinlicher wurde es für mich aber, als mein Vater und mein Cousin, den ich dreißig Jahre lang nicht gesehen hatte, mit meinem Freund und Co-Autor Lázaro Gómez Carriles fortwährend über Geld redeten. Lázaro kommt aus Cuba und hat nichts, er musste in seinem Leben immer wieder ganz neu anfangen – und die ganze Zeit redeten sie nur über Geld.

Schließlich habe ich meinem Vater und meinem Cousin in ziemlich scharfem Ton gesagt, dass ich das für reichlich unangebracht halte. Als die beiden dann gegangen waren, nahm mich Lázaro beiseite und fragte mich betreten, warum ich so schrecklich unhöflich zu meinem Vater gewesen sei. Er und mein Cousin hätten nur deswegen über Geld gesprochen, weil sie es eben für erstrebenswert hielten und weil sie mich und meine Leistungen auf dem Gebiet damit würdigen wollten. Am Ende wusste ich gar nicht mehr, was ich peinlicher fand, die Tatsache, dass mein Vater über Geld geredet oder dass ich ihn gemaßregelt hatte.

Werner Schneyder

Kabarettist und Boxkampf-Reporter

Der Conférencier

Es war zur Zeit des Kabarettduos Dieter Hildebrandt – Werner Schneyder, als uns das Engagement ereilte, eine öffentliche Radiosendung »Bayern-Bonn-Berlin« durch drei Doppelconférencen zu bereichern. Wir trafen in Bonn am Tag des Auftritts ein und erfuhren durch das Plakat, dass wir durch den Abend führen, und also auch die zahlreichen Auftretenden anzusagen hätten. Zerknirscht teilte mir Hildebrandt mit, das zu erwähnen hätte er bei der Übermittlung der Anfrage wahrscheinlich vergessen. Ich – zu diesen Zeiten nicht frei von hybriden Starallüren – weigerte mich. Eine Tätigkeit als Conférencier, also als Ansager von Damen und Herren, die zum Großteil Sachen darböten, die mir nicht gefielen, lehnte ich ab. Der Veranstalter und der allzeit um Ausgleich bemühte Partner versuchten, mich von meiner Weigerung abzubringen. Hildebrandt bot an, mich die von mir anzusagenden Personen aussuchen zu lassen und alle von mir als unter meiner Würde angesehenen selbst anzusagen. Darauf ließ ich mich huldvoll ein, suchte mir gute Leute aus und als Letzte das damals sehr erfolgreiche Gesangsduo Inga & Wolf. Der Abend lief klaglos, dennoch hatte ich das Gefühl, gelinkt worden zu sein. Es kam zu meiner letzten Ansage, der abschließenden des Abends. Ich machte einen politischen Joke, der kam an, ich war erleichtert und sagte im Gefühl des Mirnichtsvergeben- und Allesüberstandenhabens: »Und nun, meine sehr verehrten Damen und Herren, habe ich nur mehr das Vergnügen, ihnen anzukündigen – Inga & Wolf mit ihren stimmungslosen Liedern.« Als daraufhin ein Lacher anschwoll, den ich mir nicht erklären konnte, begann ich stumm das Gesagte zu rekapitulieren. Der Schweiß schoss mir aus allen Poren. Heute noch, wenn ich die Geschichte erzähle, wird mir leicht übel. Und ich habe immer noch Respekt für die Haltung des Gesangsduos, das mir geglaubt hat, ich hätte »stimmungsvoll« sagen wollen.

Eberhard Schoener

Komponist und Dirigent

Erste Geige

Als junger Mann war ich für einige Zeit erster Geiger an der Staatsoper in München. Man probte nicht, denn das Repertoire war riesengroß. Eines Tages stand »Don Giovanni« auf dem Programm. Ich war gewöhnlich einer der Ersten am Platz, um mich einzuspielen. An dem Abend waren aber alle Kollegen schon vor mir da. Als erster Geiger saß ich normalerweise vorne, aber dieses Mal war nur noch der hinterste Platz frei. Ich setzte mich also dort hin, und die Oper begann.

Im Finale des ersten Aktes gibt es eine Szene, wo Mozart noch zwei weitere Orchester vorgesehen hat, die so weit voneinander entfernt sitzen, dass sie sich kaum hören können. An einer Stelle müssen Streicher aus den Hauptorchestern alleine Quartett spielen. Als wir an diese Stelle kamen, hörte das Orchester also auf zu spielen, die Kollegen drehten sich zu mir um und riefen: Solo! Ich war völlig überrascht, legte aber los und versuchte, mit den Quartett-Kollegen zusammenzuspielen. Ich konnte sie aber kaum hören, sie waren einfach zu weit weg. Es klang natürlich entsetzlich: Versuchen Sie mal, in einem voll besetzten Opernhaus unvorbereitet mit einem Quartett zusammenzuspielen, das Sie nicht hören und sehen können! Es waren die blamabelsten zweieinhalb Minuten meines Lebens – eine Ewigkeit.

Was ich nicht wusste: Mozart hatte es genauso gewollt, dass an dieser Stelle das Fernorchester und das Quartett möglichst durcheinander spielen. Für das Orchester war es ein ausgemachtes Spiel gewesen, und meine Kollegen hatten mich in die Falle gehen lassen. Sie hatten ihren Spaß mit mir.

Jan Schütte

Filmemacher (»Abschied – Brechts letzter Sommer«)

Die Ehrentribüne

1987

war ich mit meinem ersten Film »Drachenfutter« zum Filmfestival in Venedig eingeladen, in eine Nachwuchsreihe. Bei einem Empfang wurden alle sieben Jungregisseure dieser Reihe dem großen französischen Filmemacher Louis Malle vorgestellt, der sehr höflich, sehr charmant und in einem bezaubernden Englisch ein wenig mit uns parlierte. Außerdem durfte man auch mit seiner Frau Candice Bergen plaudern. Damit hatte das Festival eigentlich schon seinen Höhepunkt erreicht.

Zwei Tage später gab es abends die Galavorführung von »Auf Wiedersehen Kinder« von Louis Malle. Die sieben Jungregisseure bekamen auf den abenteuerlichsten Umwegen, wie das in Venedig so üblich ist, vom Festival zwei Karten, auch noch auf der Ehrentribüne, hintere Reihe. Mein Autor Thomas Strittmatter und ich nahmen neben einem älteren Herrn und seiner wesentlich jüngeren Frau Platz. Die Vorführung war ein rauschender Erfolg, Standing Ovations, die nicht enden wollten. Louis Malle verneigte sich, und am Ende, fast um dem zu entfliehen, kam er mit ausgebreiteten Armen auf die Ehrentribüne zu. Nein, es war eindeutig, er ging auf mich zu, die Stufen hoch, um mich zu umarmen. Ich hatte mich gerade wieder gesetzt, also stand ich wieder auf, wollte ihm gratulieren, machte natürlich einen halben Schritt auf ihn zu, und Malle umarmt den alten Herrn neben mir, Joseph Mankiewicz. Der hatte eine Retrospektive in Venedig und den Goldenen Löwen für sein Lebenswerk bekommen. Da stand ich nun, vor aller Augen, und wäre am liebsten durch den Kinoboden in die Kellerräume des Festivalgebäudes versunken. Heute ist das wie alle Peinlichkeiten eine hübsche Anekdote, und es ist wunderbar, wie schön man mit ihr angeben kann, was wiederum natürlich sehr peinlich ist.

Alfons Schuhbeck

Meisterkoch

Der Gast

Eines

Tages kam eine Busgruppe mit zehn Personen in mein »Kurhausstüberl« in Waging am See. Sie hatten vorbestellt und ein gemeinsames Menu gewählt. Alle saßen beisammen, nur einer saß allein zwei Tische weiter. Ich hielt ihn für den Busfahrer und bot ihm an, auch von dem Menu zu essen. Aber er wollte die Karte sehen. Das kam mir etwas merkwürdig vor, und ich sagte, das Menu sei sehr zu empfehlen, und es sei auch viel einfacher, weil wir darauf eingerichtet wären. Trotzdem bestand er darauf, die Karte zu sehen und studierte sie gründlich. Schließlich gab er eine eigenwillige Bestellung auf. Ich beschloss, ihm einfach trotzdem wie den anderen das Menu zu servieren. Er bekam also bei jedem Gang immer das gleiche Gericht wie die anderen auch. Jedes Mal fragte er, warum er denn nicht bekäme, was er bestellt habe? Ich fand es schon sehr merkwürdig, dass er als Busfahrer, der freundlicherweise mitversorgt wird, Ansprüche stellte.

Als das Essen beendet war, sprach er mich an und meinte, ich hätte ihn offensichtlich mit jemandem verwechselt. Er sei nicht der Busfahrer, der liege in seinem Bus und schlafe. Er sei der Gourmet-Tester von Michelin, dem großen europäischen Hotel- und Restaurant-Führer. Das ist so ziemlich der größte Albtraum eines jeden Gastronoms. Tester und Kritiker sind schwer zu erkennen, aber sie zu verwechseln und ihnen nicht das zu servieren, was sie bestellt haben – das ist der Gipfel. Trotzdem hat es ihm gut geschmeckt und er schien zufrieden. Ein Jahr darauf ist mein Kurhausstüberl von Michelin mit einem weiteren Stern ausgezeichnet worden.

Charles Schumann

Barmann

Auf einen Schlag

Mit dreizehn war ich im Internat bei den Jesuiten. Ich habe dort immer den starken Mann markiert, den ich, wenn ich ehrlich bin, auch heute noch gerne spiele, eben den Unbesiegbaren. Und das Erstaunliche war, dass tatsächlich auch alle Mitschüler von meiner Stärke absolut überzeugt waren. Zumindest glaubte ich das damals. Ich hielt mich für unantastbar. Irgendwann habe ich meine Angeberei dann allerdings übertrieben. Ich erinnere mich nicht mehr an die Details, aber die sind auch gar nicht so wichtig. Denn schließlich konnte der Kleinste in der Klasse mein Getue nicht mehr mit ansehen und hat mir voll eine verpasst. Damit hatte ich überhaupt nicht gerechnet und lag flach auf dem Boden vor den Augen meiner so genannten Bewunderer. Mein Nimbus war natürlich mit einem Schlag total im Eimer. Das habe ich allerdings mein ganzes Leben lang nicht vergessen. Und jedes Mal denke ich, dass es mir ganz recht geschah.

Das erzähle ich auch manchmal meinem Sohn, wenn er sich gar so stark fühlt. Ich weiß aber natürlich, dass jeder solche Erfahrungen für sich selbst machen muss. Als Ratschlag von einem Älteren hört man das schon gar nicht gern. Letztlich muss man sagen: Es war eine peinliche Niederlage, womöglich aber auch ganz befreiend – auch wenn man solche Lektionen gerne wieder vergisst.

Esther Schweins

Comedystar und Schauspielerin

Werbung

Anfang

der neunziger Jahre besuchte ich die Schauspielschule in Bochum und hatte kaum Geld, meine Miete zu zahlen. Da bekam ich ein Angebot für einen Werbefilm. Ich sollte ein Messerset und einen Wok anpreisen und damit an einem Tag sage und schreibe sechshundert Mark verdienen. Das hätte mir zwei Monatsmieten gesichert. Allerdings war es damals noch verpönt, Werbung zu machen. Unter Schauspielschülern galt es als ungeheure Schmiere, überhaupt etwas vor der Kamera zu machen, geschweige denn in einer Werbefilmproduktion. Ich erkundigte mich bei der Schuldirektion, ob ich das machen dürfe. Man lehnte ab. Ich hatte das Geld aber so dringend nötig, dass ich beschloss, mich darüber hinwegzusetzen. Ich meldete mich krank, fand mich an einem Montagmorgen im Studio ein und ließ mich in ein grässliches Kostüm stecken: Hawaiihemd und Bermudashorts. Als »charmante Claudia«, hielt ich das »laserscharfe Messerset« in die Kamera. Irgendwann schaute ich mich im Studio um, und wer saß auf dem Regiestuhl: mein Dozent von der Schauspielschule. Ich hätte mich gerne in Luft aufgelöst, aber es blieb mir nichts anderes übrig, als den Quatsch unter den Augen meines Lehrers weiterzumachen. Erst am nächsten Tag fing die Geschichte an, sich für mich zu drehen. Mir ging auf, dass die Begegnung für meinen Dozenten mindestens so peinlich gewesen sein musste wie für mich. Drei Tage später hing eine Annonce am Schwarzen Brett der Schule. Darin machte er darauf aufmerksam, dass es einen lukrativen Nebenverdienst für Schauspielschüler bei besagter Werbefilmproduktion gebe. Wir haben nie darüber gesprochen, aber von dem Moment an musste ich nicht mehr um meinen Ruf und meinen Studienplatz bangen. Und er war auch rehabilitiert. Werbung habe ich trotzdem keine mehr gemacht.

Steven Soderbergh

Oscarpreisträger (»Traffic«)

Die Goldene Palme

1989

habe ich in Cannes für meinen ersten Film »Sex, Lügen und Video« völlig überraschend die Goldene Palme gewonnen. Ich saß am letzten Tag des Festivals bei der Preisverleihung, wurde auf die Bühne gerufen, nahm meinen Preis entgegen, stammelte ein paar Dankesworte und kehrte auf meinen Platz zurück – alles live vom Fernsehen übertragen. Ich setzte mich zwischen zwei französische Regisseure, die sichtlich nicht glücklich waren darüber, dass sie gegen mich verloren hatten. Kaum saß ich, näherte sich ein Interviewer vom französischen Fernsehen mit Kamerateam und stellte mir ein paar Fragen: Wie ich mich fühle? Ob ich überrascht bin? Das Übliche. Ich antwortete wie in Trance, bedankte mich, stand auf und ging – bis mich schließlich jemand aufhielt und irgendwas Unverständliches auf Französisch zu mir sagte. Ich nickte nur und wollte weitergehen, aber er hielt mich fest und deutete auf den Platz, den ich gerade verlassen hatte – und da stand unter meinem Sitz mein Preis, die Goldene Palme, die ich dort vergessen hatte. Ich musste den ganzen Weg wieder zurückgehen – und das vor laufenden Kameras. Und die beiden Franzosen saßen da und sahen keinen Deut glücklicher aus als zuvor. Sie nahmen es wahrscheinlich als weiteres Zeichen meiner amerikanischen Arroganz, diesen wichtigen Preis einfach vergessen und stehen gelassen zu haben. Dabei war das für mich ein sehr großer Moment – und alles, was ich seither machen konnte, verdanke ich letztendlich diesem Preis.

Tilman Spengler

Schriftsteller (»Lenins Hirn«)

»Der Kaiser von Japan«

Ich saß einmal in Gesellschaft des Kanzlers Schröder beim Mittagessen mit dem Kaiser von Japan. Das Protokoll gab uns vor, wir sollten höflicherweise bei Tisch den Schwerpunkt der Unterhaltung im Gesamtbereich Fisch lassen, sozusagen ein Fischgespräch führen. Ich war in dieser Runde protokollarisch das Nesthäkchen und kam unter die Obhut des zweiten Kaisersohnes, der ein ziemliches Vorwissen hatte. Antje Vollmer von den Grünen saß rechts, ich saß links neben dem Prinzen. Wir fingen an, uns tief in diese Fische zu knien, mobilisierten alles zu »fish as fish is«. Antje Vollmer wies, ihrem politischen Auftrag gerecht werdend, auf die Gefährdung durch geklonte Fische hin. Ich war der Typ für das Mythologische und Religiöse des Fisches. Wir waren gerade im allerschönsten Fischrausch, als mich der Kaisersohn plötzlich starr anschaute und sagte: »Und was ist mit den Hühnern?« Das war eine boshafte Volte in der Gesprächsführung seiner kaiserlichen Hoheit. Frau Vollmer und ich standen plötzlich hühnerartig total im Hemd. Sekundenlang schauten wir uns fragend an: Was ist mit dem Huhn? Nach Adorno weiß man aber, dass es nichts gibt, was ein starker Kopf nicht miteinander verbinden kann. Es gelang uns schließlich die kühne Brücke zur Evolutionsgeschichte: Kam der Fisch vor dem Huhn oder das Huhn vor dem Fisch? Ich fragte den Prinz, woher seine Huhnbegeisterung komme, und er sagte, er liebte Hühner. Das ist ein Satz, mit dem man wenig anfangen kann. Er führt nicht irgendwohin. Die nächste Frage wäre: Warum? Den Prinzen zu fragen, warum er Hühner liebt, erschien mir nicht ganz statthaft. Es waren peinliche fünf Minuten, die verstrichen, bevor das Huhn konversationsmäßig so aufgetischt war, dass es dem Fisch gleichen konnte.

Erschwerend kam noch hinzu, dass jeder von uns seinen Lebenslauf vorlegen musste, bevor er in den Kaiserpalast eingelassen wurde. Meinen hatte man offenbar nur zum ersten Drittel gelesen, was dazu führte, dass mir den Rest der Zeit peinlich genaue Fragen zu meinem Abitur gestellt wurden.

Oliver Stone

Oscarpreisträger (»Platoon«)

Drogen

Ich

bin vor vielen Jahren einmal wegen Drogenkonsums aufgeflogen. Das war in dem Fall besonders unangenehm, weil zu der Zeit mein Film »Geboren am 4. Juli« mit Tom Cruise im Kino lief. Dass man mich ausgerechnet zu der Zeit erwischte, war im

Zusammenhang mit diesem Vietnamfilm eine blöde Sache. Mein Autor Ron Kovic, der im Rollstuhl aus dem Vietnamkrieg heimgekehrt ist und um den es in dem Film geht, sagte mir damals, ich hätte eine Verpflichtung allen Vietnam-Veteranen gegenüber, ich sei schließlich selbst einer. »Du musst uns vertreten«, hat er immer gesagt. Und in diesem Zusammenhang war die Drogengeschichte nicht nur keine gute Werbung, sie war mir vor dem Hintergrund von Rons Auftrag auch richtig peinlich.

Andererseits bin ich in Vietnam überhaupt erst auf den Geschmack gekommen. Das Marihuana hat mir geholfen, den Krieg zu überstehen. Davon handelt ja auch der Film: schwarze Jungs, graue Bunker, Gras und Musik von Smokey Robinson. Die Weißen, die nächtelang Whiskey tranken und Poker spielten, waren dieselben, die dann in die Dörfer gezogen sind, um zu töten. Die wussten damals ganz genau, dass Haschisch die Leute dazu bringt, nachzudenken, wen sie da umbringen und warum. Aber das ändert alles nichts daran, dass es eine ganz unangenehme Sache war, in diesem Zusammenhang wegen Drogen ins Gerede zu kommen.

Tom Stromberg

Intendant des Schauspielhauses Hamburg

Die Frau gegenüber

Meine Geschichte ist zwar eigentlich gar keine, weil sie noch nicht vorgekommen ist. Aber allein die Vorstellung, sie könnte mir einmal passieren, ist mir schon peinlich:

Es ist nicht ganz unbekannt, dass ich relativ zeitungssüchtig bin – sowohl sie zu lesen, als auch selber drinzustehen. Eine Zeit lang war eher Negatives über meine Arbeit zu lesen, jedenfalls in Hamburg. Eigentlich müsste ich sagen: Ich lese den ganzen Kram nicht, wir machen Theater schließlich nicht für die Zeitung. Ich gestehe aber, dass ich gelegentlich morgens um sechs, noch ungewaschen und ungekämmt, am Theater vorbei zum Bahnhof schleiche und von dort mit einem großen Stapel Zeitungen bepackt wiederkomme, um alles zu lesen und nochmal gegenzulesen. Ich hoffe jedes Mal, dass ich auf meinem Weg keinem meiner Techniker der Frühschicht begegne, die sich prustend auf die Schenkel klopfen, wenn sie sehen, wie ihr Intendant in aller Früh die Zeitungen holt. Ich oute mich hiermit gewissermaßen vorauseilend.

Aber eine Geschichte fällt mir ein, die mir tatsächlich passiert ist und die für einen Theatermann so ziemlich das Peinlichste ist, was im Umgang mit Schauspielern passieren kann. Das ist fünfzehn Jahre her. Ich hatte die Theater-Verfilmung »Familie Schroffenstein« nach Kleist von Hans Neuenfels gesehen und war von der Hauptdarstellerin total begeistert. Am nächsten Morgen gab es ein großes Frühstück bei Freunden in Frankfurt. Ich erzählte praktisch zwei Stunden lang von der grandiosen Leistung dieser Schauspielerin und wunderte mich, dass alle immer lauter lachten, bis ich gewahr wurde, dass sie mir gegenübersaß.

Benjamin von Stuckrad-Barre

Pop-Literat (»Lifealbum«) und Fernsehmoderator (»Lesezirkel«)

Halbnass

Es muss ja kein Pavillon einer befreundeten Nation sein, doch manchmal muss man dort pinkeln, wo kein Klo erreichbar ist. Man kann dann in die Hose pinkeln oder woanders hin. Ich tat beides, und das kam so: Auf einem Sommerfest wurde mir und einem Freund etwas langweilig, also verließen wir die Wohnung des Gastgebers für eine Weile, um das gesamte Haus zu erkunden. Im Kohlenkeller mussten wir plötzlich pinkeln. Ein Müllcontainer war von der zweiten Treppenstufe aus bequem bepinkelbar, so schien es. Da der Gastgeber ein guter ist, hatten wir einiges auszupinkeln. Bald war der Container randvoll, wir leer, also schlossen wir die Hosen und gingen zurück, um zu sehen, wer dort noch Hosen anhatte. Leider ein jeder, sonst wäre es nicht so aufgefallen, wenn ich mich meiner auch entledigt hätte. Denn kurz vor Wiederbetreten des Wohnzimmers fiel mir beim Seitenblick in den Garderobenspiegel auf, dass das linke Hosenbein meines hellgrauen Sommeranzugs zwischen Knie und Hosenbund tiefdunkel gefärbt war, und ein kurzer Probegriff bestätigte den panischen Verdacht. Zwischen mir und dem Container musste es eine Art Dialog gegeben haben, ein Geben und Nehmen. Eine ganze Weile stand ich wenig gesprächig in Fensternähe und hielt mir meinen Mantel vors Hosenbein. Zum Glück begann es irgendwann zu regnen, und einige Gäste wunderten sich wohl über den einen, der auf den Balkon sprang, um dort nass zu werden. Aber wenigstens bemerkten sie nicht, dass er halbnass damit begonnen hatte.

Rita Süssmuth

CDU-Politikerin, Bundestagspräsidentin (1988–1998)

Affentheater

Es war der 26. Oktober 1996 im Deutschen Bundestag, dem ich als Präsidentin vorsaß. Die SPD hatte eine Sondersitzung zum Haushalt beantragt. Bundeskanzler Helmut Kohl war zu der Zeit mit einer Delegation in China, und natürlich war der

Widerwille meiner Fraktion und der FDP groß, zu dieser Sondersitzung zu kommen. Aber es ist das Recht einer Fraktion, eine Sondersitzung zu beantragen, und nach unserem Gesetz ist die Sitzung dann auch einzuberufen. In dieser Haushaltsdebatte schlugen die Emotionen sehr hoch, und in der Sache gingen wir am Ende ohne Ergebnis auseinander. Normalerweise muss ich mein Mikrofon am Ende einer Sitzung selber ausschalten. An jenem Tag habe ich es aus irgendeinem Grund nicht getan. Stattdessen habe ich vor mich hingeredet und dabei vergessen, dass das Mikrofon noch an war. Deshalb konnte jeder hören, als ich sagte: Das ist ein einziges Affentheater! Es steht mir als Präsidentin nicht zu, eine Parlamentssitzung so zu bewerten. Ich wusste nicht, ob meine Bemerkung gehört worden war. Am nächsten Tag las ich sie in den Zeitungen. Aber die Rüge blieb aus. Die meisten Reaktionen und Kommentare aus dem Plenum waren eher schmunzelnd und ironisch. Das Affentheater war mir als spontane Reaktion herausgerutscht – und vielleicht haben ja andere Abgeordnete auch so gedacht.

Scott Turow

Amerikanischer Bestsellerautor
(»Aus Mangel an Beweisen«)

Harrison Ford

Im Mai 1988 kam Harrison Ford zu uns zum Mittagessen. Das war sehr aufregend für mich. Er sollte die Hauptrolle in der Verfilmung meines Buches »Aus Mangel an Beweisen« spielen, und ich freute mich sehr, ihn kennen zu lernen. Harrison Ford war gerade auf dem Höhepunkt seines Ruhms. Der dritte und erfolgreichste Teil von »Indiana Jones« war soeben ins Kino gekommen, und man hatte seinen berühmten Hut für eine Unsumme versteigert. Ich hatte mir aber fest vorgenommen, cool zu bleiben, wollte sein wie er, gelassen und bodenständig. Ich war nichts weiter als ein Rechtsanwalt, der Justizromane schrieb. Und nun sollte dieser weltberühmte Schauspieler zu mir nach Hause kommen. Harrison Ford ist – das muss man sagen – tatsächlich ein reizender Mensch. Er kommt wie ich auch aus Chicago und fuhr seinen Wagen selbst bis vor unsere Tür. Er kam die Stufen herauf, und wir schüttelten uns die Hand. Ich wollte mir meine Aufregung und Bewunderung bloß nicht anmerken lassen. Ich bat ihn herein, nahm ihm den Mantel ab, und dann passierte etwas Schreckliches: Ich fing an, völligen Unsinn zu reden. Ich sagte zu ihm allen Ernstes: »Darf ich Ihnen meine Frau Harrison vorstellen.« Was für ein Blödsinn! Ich hatte meiner Frau seinen Vornamen gegeben. Mit einem Mal brach meine coole Fassade zusammen. Ich machte auch keinen Versuch mehr, meine Aufregung zu verbergen. In dem Moment wurde mir schmerzhaft bewusst, dass ich einfach nicht der lässige Typ bin. Ich bin nun mal nicht Harrison Ford – und meine Frau schon gar nicht.

Hans-Jochen Vogel

SPD-Politiker, früherer Münchner Oberbürgermeister, Bundesminister und Parteivorsitzender

Der König von Afghanistan

Als junger Mann war ich Mitte der fünfziger Jahre in der Bayerischen Staatskanzlei und habe im Grünwalder Kreis unter anderem mit Hans Werner Richter zusammengearbeitet. Wir haben uns schon damals mit rechtsextremistischen Aktivitäten auseinander gesetzt. Es war die Rede davon, Schriftsteller zu einem Symposium einzuladen. Wir saßen bei Hans Werner Richter zu Hause und überlegten uns Namen. Ich schlug vor, den Lyriker Georg Trakl einzuladen. Da schaute mich Hans Werner Richter erstaunt an und sagte: »Aber hören Sie, der Trakl ist doch schon 1914 gestorben.«

Eine andere Geschichte ereignete sich ein paar Jahre später, als ich Oberbürgermeister in München war. Ich komme zwar selber nicht darin vor, aber darf sie hier zum Besten geben, denn Albert Bayerle, den es als meinen Vertreter betraf, hätte, lebte er noch, dagegen mit Sicherheit nichts einzuwenden. Ich war, Gott sei Dank nur das eine Mal, länger krank, und Albert Bayerle vertrat mich als dritter Bürgermeister der Stadt bei einem Staatsbesuch. Der damalige König von Afghanistan kam, es muß 1963/64 gewesen sein, nach Deutschland und wurde auch im Münchner Rathaus empfangen. Albert Bayerle stand am Fuß der Rathaustreppe auf einem roten Läufer mit zwei Stadträten, einer links, einer rechts. Der afghanische König fuhr mit einer Staatskarosse vor, aber der Fahrer bremste so abrupt, das der Läufer weggerissen wurde und alle drei zu Boden gingen. Der König wunderte sich sehr, aber Bayerle raffte sich tapfer wieder auf und geleitete ihn mit blauen Flecken in den Sitzungssaal.

Friedrich Karl Waechter

Humorist, Autor und Zeichner

Die Kröte

Als ich als Kind gerade Tom Sawyer las, wollte ich auch einen Streich spielen. Ich nahm eine Kröte und warf sie in die Pumpe. Aber die Magd hatte es gesehen, und ich lag heulend auf meinem Bett, als mir meine Mutter erklärte, was das für Folgen haben würde: dass die Kröte verwesen und wir kein Trinkwasser mehr haben würden. Es war alles ganz schrecklich, weil einfach kein Huckleberry Finn in mir war.

Hechtklößchen

Vor nicht allzu langer Zeit saß ich lesend in einem Bordrestaurant. Ich glaube, es war Thomas Mann, vielleicht »Tonio Kröger«. Ich hatte mir jedenfalls Hechtklößchen bestellt und war völlig in meine Lektüre eingetaucht. Da meldete sich die Stimme einer älteren Dame, die mir gegenüber saß, und sagte: »Sie wurden sehr gelobt« – sie meinte natürlich die Hechtklößchen. Ich sah aus einer über Hechtklößchen erhabenen Welt aus meinem Buch auf und fragte: Wofür? Ich dachte nämlich, sie hätte mich vielleicht erkannt und etwas von mir in der Zeitung gelesen. Ich war total auf dem falschen Dampfer und hoffe, dass sie meinen Irrtum nicht bemerkt hat.

John Waters

Amerikanischer Filmemacher (»Cecil B.«)

Mord und Totschlag

In jungen Jahren habe ich mich sehr für Mordprozesse interessiert, unter anderem für den mörderischen Sektenführer Charles Manson. Mitglieder seiner Sekte haben 1969 die hochschwangere Frau von Roman Polanski, Sharon Tate, und ihre Freunde in deren Haus ermordet. Ich war vom Thema fasziniert und habe damals die Mitglieder der so genannten Manson-Familie im Gefängnis besucht. Unser Zusammentreffen wurde in einem Foto festgehalten, auf dem ich mit einem der Mörder, Charles Tex Watson, zu sehen bin. Dieses Foto habe ich in meinem Buch »Schock« veröffentlicht, eine Art Memoiren, in denen es auch ein Kapitel über Mordfälle gibt.

Jahre später ging ich nach Hollywood und versuchte, einen Studio-Boss für eins meiner Filmprojekte zu gewinnen. Damit er sich ein Bild von mir machen könne, habe ich ihm am Ende unseres Gesprächs mein Buch dagelassen, in der Hoffnung, ihn mit meinem schrägen Humor zu beeindrucken. Als ich das anschließend gegenüber einem Freund erwähnte, war dieser entsetzt und klärte mich auf. Er sagte mir, der Studio-Boss sei der Freund von Sharon Tate gewesen, der ihre Leiche in dem Haus gefunden hatte. Ich war völlig bestürzt, als mir klar wurde, dass der Produzent mich in dem Buch mit dem Mörder seiner Freundin abgelichtet finden würde. Es war mir entsetzlich peinlich. Der Mann war klug und, anders als in Hollywood heutzutage üblich, gründlich. Er hat sich Zeit genommen, sich mein Buch genau anzusehen. Unnötig zu erwähnen, dass es nicht zu einer Zusammenarbeit gekommen ist.

Konstantin Wecker

Liedermacher

Nackt

Ich

war schon als Kind schlafwandlerisch. Einmal habe ich als kleiner Junge sogar auf dem Fensterbrett im vierten Stock gestanden. Aber noch entsetzlicher war Folgendes: Ich war vor etwa fünfzehn Jahren in einem Hotel in Baden-Baden. Ohne zu wissen, was geschehen war, fand ich mich am frühen Morgen nackt auf dem Flur wieder. Ich hatte keine Ahnung, wie ich dahin gekommen war. Ich muss im Schlaf aufgestanden sein, mein Zimmer verlassen haben, und die Tür muss hinter mir zugeschlagen sein.

Als ich zu mir kam, stand ich vor einer fremden Tür. Wie sich später herausstellte, war es die Tür meines Bassisten. Ich war pudelnackt und fand den Weg zu meinem Zimmer nicht wieder. Also stieg ich in den Aufzug. Es war der klassische Fall eines Albtraums, denn natürlich hielt der Aufzug unterwegs, und es stiegen noch andere Leute zu. Sie waren mindestens so peinlich berührt wie ich. Ich sagte »Guten Morgen«, und sie versuchten wegzuschauen. Es war wohl klar, dass ich kein Exhibitionist sein konnte, weil ich total rot anlief. Schließlich fand ich einen meiner Musiker, der mir endlich den Weg zu meinem Zimmer zeigte.

Wir hatten am Abend zuvor ein Konzert gegeben und anschließend gefeiert und getrunken, aber es waren keine Drogen im Spiel. Ich hatte damals noch das Glück, nicht so von der Presse verfolgt zu werden. Wenn mir das heute passieren würde, würde das eine Menge Staub aufwirbeln. So fiel das aber zum Glück nicht weiter auf.

Beate Wedekind

Ex-Bunte-Chefin, Galeristin und Event-Managerin

Fettnäpfchen

Ich

habe ein Gewichtsproblem. Es geht um zehn bis fünfzehn Kilo. Ständig muss ich mich disziplinieren, was aber schwierig ist, weil ich viel ausgehe und dabei zwangsläufig mit einer Menge köstlicher Sachen konfrontiert werde. Bei der Goldenen Kamera etwa, die ich selber produziere, schaffe ich es zwar, bis ein Uhr nachts an den Büffets vorbeizugehen, weil ich natürlich total im Stress bin. Aber dann geht es los: Ich stelle mich in eine Ecke und stopfe Fingerfood in mich hinein. Jedes Mal schäme ich mich maßlos, insbesondere, wenn ich dabei ertappt werde. Es ist mir in erster Linie vor mir selber peinlich, weil ich ja gerne abnehmen würde. Aber dabei auch noch erwischt zu werden, umringt von etlichen leergefutterten Tellern, ist wahrhaft beschämend.

Ausrede

Ich bin relativ angstfrei. Allerdings bin ich vor kurzem beim Flunkern ertappt worden. Und das kam so: Ich bin in der Tat eine termingestresste Person. Es passiert auch mal, dass ich versehentlich zwei Termine gleichzeitig vereinbare. Kürzlich habe ich von meiner Assistentin anrufen und sagen lassen, es täte mir wahnsinnig Leid, aber ich sei unterwegs aufgehalten worden, und wir müssten unsere Verabredung leider verschieben. Drei Minuten später klingelt das Telefon, und ich Depp bin so blöd und hebe den Hörer ab. Prompt ist die Person am Apparat, der ich gerade habe sagen lassen, ich sei gar nicht da. Ich wäre am liebsten im Boden versunken. Stattdessen bin ich aufgestanden und habe mich stehend und mit hochrotem Kopf für meine Ausrede entschuldigt.

Guido Westerwelle

FDP-Generalsekretär

Zentnerschwer

Ich

halte Peinlichkeiten für einen brauchbaren Anstandskompass. Nur wem vor lauter Abgebrühtheit gar nichts mehr peinlich ist, der ist wirklich peinlich.

Ich war recht neu im Bundestag, als Joschka Fischer – damals noch vor seiner Abmagerungskur – Helmut Kohl mit der Bezeichnung »Drei Zentner fleischgewordene Vergangenheit« versah. Ich selbst nannte Joschka Fischer daraufhin in einer Rede öffentlich »Zwei Zentner fleischgewordene Selbstzufriedenheit«. Dass ich Fischers Ausfall mit gleicher unbarmherziger Münze zurückgezahlt habe, ist mir heute noch peinlich.

Joseph von Westphalen

Schriftsteller (»Lametta Laszív«)

Die Ohrfeige

Heute
ist mir peinlich, dass ich früher oft nicht rechtzeitig kapiert habe, wann ich verschwinden soll, wann ich nicht mehr erwünscht bin. Im Nachhinein ist es mir auch peinlich, das ein oder andere Mal zu lange im Liebestaumel herumgejault zu ha-

ben in der Hoffnung, dass doch noch etwas zu machen ist. Aber es war nichts mehr zu machen ... Ich kann mich nicht leicht trennen von Leuten, die ich mag. Und wenn es heißt, ich soll gehen, dann verstehe ich das nur schwer und benehme mich eigenartig. Zum Beispiel schreibe ich dann zu viele Briefe, die niemanden mehr interessieren. Aber das ist ja noch verzeihlich. Schließlich ist es auch das, was mich zum Autor macht. Wer etwas nicht verschmerzt, schreibt Bücher. Als Mensch ist es mir zwar peinlich, aber als Autor bin ich äußerst dankbar für meine Unart. Eigentlich ist alles, was mir als Nichtautor peinlich ist, als Autor von Nutzen. Man kann fast sagen, ohne Peinlichkeiten gäbe es keine Literatur. Ich leide auch nicht so unter peinlichen Momenten, wenn ich sie in einem Text verwende. Denn dann legitimieren sie sich sozusagen. Ein Roman ist eine große Peinlichkeitsbewältigung.

Noch peinlicher, als etwas zu tun, kann es sein, etwas nicht zu tun. Zum Beispiel habe ich einmal unterlassen – und das ist jetzt kein Witz – Helmut Kohl zu ohrfeigen. Wir trafen uns, ich glaube es war 1987, auf der Buchmesse an einem Stand. Er blätterte in einem Text von mir, in dem ich satirisch fantasierte, dass man Helmut Kohl eigentlich den Kopf abschlagen müsse oder irgendetwas Furchtbares. Der eher versponnene Text heißt »Warum ich Terrorist geworden bin«. Ich stand neben ihm und dachte, jetzt müsste ich ihm konsequenterweise wenigstens eine schmieren – tat es aber nicht. Das war mir peinlich. Ich hätte ziemliches Aufsehen erregt. Das wäre auch peinlich gewesen. Aber noch peinlicher war mir, dass ich es nicht getan habe. Ich fand mich feige. Die Figur in meinem Text war wieder einmal heldenhafter als ich selbst. Es ist mir peinlich, wenn ich als Autor hinter meinen Figuren zurückstehe.

Roger Willemsen

Publizist und früherer Talkshowmoderator

Arabisch

Mein

erstes großes einstündiges Interview führte ich in Tunis mit Jassir Arafat und zwar zur Zeit der Madrider Konferenz, die zur Vorbereitung des Gaza-Jericho-Abkommens entscheidend war. Das war 1991 der eigentliche Durchbruch für die gesamten

Nahost-Friedensverhandlungen. Ich reiste mit einem elfköpfigen Team und war euphorisch: in Tunis zu sein, Arafat zu treffen, das erste wirklich entscheidende Interview in einer historisch bedeutenden Situation zu führen. Ich war von jungenhaftem Überschwang, trotzdem gut vorbereitet, aber in erster Linie hysterisch. Wir wurden von der PLO abgeholt, in Tunis durch den Flughafen geleitet und in einen Wagen gesetzt, zunächst nur der leitende Redakteur und ich, der Dolmetscher und eben der Fahrer von der PLO. Ich redete munter vor mich hin und amüsierte hoffentlich die anderen im Fond des Wagens. Irgendwann fragte der PLO-Fahrer den neben ihm sitzenden Dolmetscher: »Kann der arabisch?«, weil er das Gefühl hatte, ich hätte Dinge verstanden, die er gesagt hatte. Daraufhin übersetzte mir der Dolmetscher die Frage, und ich sagte wie aus der Pistole geschossen: »Ja! Shalom!«

Ich sehe vor mir den ausgestreckten Zeigefinger des Fahrers, der plötzlich mit einer Scheibenwischerbewegung hin und herwischte, ohne sich umzudrehen. Es war einer der peinlichsten Augenblicke meines Lebens. Es ist bestimmt der peinlichste Augenblick meiner beruflichen Laufbahn gewesen. Sekunden danach erschrak ich fürchterlich und dachte, das Interview würde nicht mehr stattfinden. Plötzlich war alles gefährdet, was mir wichtig war. In irgendeiner Weise haben wir uns dann aber wieder eingekriegt. Ich bin allerdings aus diesem Gefrierzustand an dem Tag nicht mehr richtig aufgetaut. Zum Glück hatte mein entsetzlicher Fauxpas keine Konsequenzen.

Heinz Winkler

Meisterkoch

Königin Sylvia

In meinem Geschäft kann ich mir bekanntlich keine Fehler erlauben, und ich kann mich auch an keinen wirklich groben Fauxpas erinnern. Umso peinlicher war für mich ein Tag im Jahr 1993, als Königin Sylvia zu einer privaten Geburtstagsfeier mit ihrem gesamten Hofstaat und vielen hoch gestellten Gästen in meine »Residenz« in Aschau kam. Wir hatten den roten Teppich ausgerollt und aus Sicherheitsgründen alle anderen Eingänge gesperrt. Ich stand mit meinem Team geschniegelt und gestriegelt zum Empfang der Königin bereit.

Wir hatten zwei alte Eheleute zum Spülen angestellt. Genau in dem Moment, als Königin Sylvia eintraf, wollten sie ihren Dienst antreten. Da der Personaleingang gesperrt war, gingen sie schnurstracks auf den Haupteingang zu, ungerührt mit ihren Einkaufstüten an den eintreffenden Gästen vorbei, unmittelbar vor Königin Sylvia auf dem roten Teppich ins Haus. Sie sahen in diesem feierlichen Rahmen grob gesagt wie Penner aus, haben nicht rechts und nicht links geschaut und gingen wie selbstverständlich vor der Königin über den roten Teppich. Ich stand mit etwa sechzig Leuten wie vom Blitz getroffen. Ich hätte den beiden am liebsten den Hals umgedreht. Aber Königin Sylvia hat es gelassen genommen.

Feridun Zaimoglu

Schriftsteller (»Kanak Sprak«)

Leichenschmaus

Der Bruder eines weitläufig Bekannten war an den Folgen seines exzessiven Lebensstils gestorben. Ich wurde zur Beerdigung eingeladen. Ich weiß noch, dass ich mir dafür bei Woolworth eine passende Krawatte gekauft habe. Ich fand mich auf dem

Friedhof ein, der Himmel wolkenverhangen wie aus einem schlechten Drehbuch, blasse Gesichter, die passenden Worte des Pastors, der die Seele des Verstorbenen Gott anbefiehlt. Nun ja, man steht da rum, denkt an alles andere als an den Tod, geht in Gedanken spätere Erledigungen bzw. den Terminkalender im Geiste durch. Die Menge verlief sich, um sich später in einer nahen Gaststätte zum Leichenschmaus einzufinden. Ich war allein gekommen und konnte mich ziemlich mit dem Gedanken anfreunden, mir mit einer zünftigen Mahlzeit die Trübnis zu vertreiben. Ich betrat das Gasthaus, fand einen freien Stuhl an der großen Tafel. Ein Kellner war schnell zur Stelle. Bald war ich mit Speis und Trank zu Gange. Ich hob den Kopf, als mich ein älterer Herr ansprach. Es war mir aufgefallen, dass er von Tisch zu Tisch gegangen und ein paar Worte mit den Gästen gewechselt hatte. Er fragte mich ungefähr, in welchem Verhältnis ich zu dem Verstorbenen gestanden hatte. Ich wollte tröstende Worte finden. Also legte ich los und sprach davon, dass der Verstorbene und ich uns nicht sonderlich oft über den Weg gelaufen waren, dass ich ihn aber als einen sensiblen Menschen geschätzt hatte. Vielleicht sei es seiner einfühlsamen Natur geschuldet gewesen, dass er die innere Migration gewählt und ob der Depressionen, die ihn anfielen, in Tabletten und härteren Drogen den einzigen Ausweg gesehen hatte. Während meines an sich schon sehr hirnblassen Vortrags war der Mann still geblieben. Doch irgendwann fiel er mir ins Wort und forderte mich zischend auf, ich sollte den Saal verlassen und zwar sofort. Alle Köpfe drehten sich zu mir um, und als der Mann mich einen miesen Essenserschleicher schimpfte, las ich Ekel in den Gesichtern.